Diogenes Taschenbuch 21625

detebe

Cornell Woolrich

Der schwarze Vorhang

Roman

Aus dem Amerikanischen von Signe Rüttgers

Diogenes

Titel der 1941 erschienenen Originalausgabe:
›The Black Curtain‹

Umschlagillustration:
Standphoto von Burgess Meredith
aus der Verfilmung von
Jack Hively unter dem Titel
›Street of Chance‹ (1942)

Neuübersetzung

80/89/8/2
ISBN 3 257 21625 4

Inhalt

1. Buch

Der Vorhang

1

Zuerst war alles verschwommen. Dann spürte er Hände, die sich an ihm zu schaffen machten, viele Hände. Sie berührten nicht ihn selbst. Sie berührten Dinge, die ihn berührten. Er spürte sie indirekt. Sie warfen kleine lose Brocken wie Mörtel- oder Backsteinstücke fort, die über seinen ganzen Körper verstreut schienen. Mit jedem Augenblick wurden es weniger.

Dann hörte er undeutlich eine Stimme sagen: »Der Krankenwagen ist da.« Eine andere Stimme antwortete: »Bringen Sie ihn hier herüber, da kommen sie besser an ihn heran.«

Er spürte, daß er hochgehoben und wieder abgesetzt wurde. Er versuchte, die Augen zu öffnen, doch es gerieten soviel Sand und Staub hinein, daß es brannte, und er sie erst einmal wieder schließen mußte. Beim zweiten Versuch klappte es. Er sah ein gleißendes Stück strahlend blauen Himmels. Es war gesäumt von Gesichtern, die von oben auf ihn herabspähten.

Er spürte, wie man ihm Mantel und Hemd öffnete und dann an beiden Seiten seines Körpers herumdrückte. »Rippen sind keine gebrochen.« Jemand bewegte seine Arme und dann seine Beine. »Kein einziger Knochenbruch. Er hat noch einmal Glück gehabt. Nur die schlimme Beule am Kopf.«

Er wurde aufgesetzt, wobei Verputz oder etwas Ähnliches aus seinem Haar rieselte. »In Ordnung, mein Freund, wir verbinden das jetzt, und damit sollte die Sache für Sie überstanden sein«, sagte der junge Arzt.

Er betupfte die Beule mit etwas, das brannte und den Mann zusammenzucken ließ. Dann klebte er etwas darüber.

»Gut, ich glaube, Sie können jetzt aufstehen.«

Sie halfen ihm auf die Beine. Zuerst streckte er die Hand aus und stützte sich auf einen Sanitäter, doch dann war er in der Lage, ohne Hilfe zu stehen.

»Möchten Sie nicht lieber mit uns kommen und sich gründlich untersuchen lassen?« fragte der Arzt, als er seine Tasche zumachte.

»Nein, es ist alles in Ordnung«, sagte der Mann. Er wollte nach Hause. Es mußte schon spät sein. Virginia würde bereits auf ihn warten. Er kam nicht gerne zu spät.

»In Ordnung, aber wenn Sie sich nicht wohlfühlen, dann kommen Sie lieber vorbei und lassen sich untersuchen.«

»Ja«, sagte er, »das mach' ich.«

Ein Polizist drängte sich mit gezücktem Notizblock nach vorne und sagte: »Geben Sie mir Ihren Namen und Ihre Adresse.«

»Frank Townsend«, sagte er, »Rutherford Street 28 Nord.«

Das war alles. Der Krankenwagen war bereits wieder fortgefahren. Der Polizist schrieb im Weggehen seinen Bericht zu Ende. Ein Häufchen Schutt auf dem Gehsteig und ein gezackter Riß im Dachfries des Gebäudes unmittelbar daneben waren noch die einzigen Anzeichen dessen, was gerade geschehen war. Die dicke Traube von Schaulustigen löste sich langsam auf. Townsend bahnte sich langsam seinen Weg durch ihre Mitte.

Ein etwa zwölfjähriger Junge rief ihm nach: »He, Mister, hier ist Ihr Hut! Ich hab' ihn für Sie aufgehoben.«

Townsend nahm ihn entgegen, staubte ihn flüchtig ab und wollte ihn aufsetzen. Dann hielt er inne und starrte hinein. Auf dem Schweißband standen die Initialen DN.

Er schüttelte den Kopf und wollte dem Jungen den Hut zurückgeben. »Woher hast du den? Er gehört mir nicht ...«

»Aber natürlich gehört er Ihnen. Ich hab' ihn doch wegrollen sehn, als Sie gestürzt sind!«

Townsend ließ seinen Blick zweifelnd über den verschütteten Gehweg und den Rinnstein schweifen, doch ein anderer Hut war nirgends zu sehen.

Der Junge sah ihn schief an. »Kennen Sie denn Ihren eigenen Hut nicht, Mister?«

Einige Erwachsene lachten. Sie standen alle herum und gafften ihn an. Er wollte fort. Er war von dem Unfall noch immer etwas wacklig auf den Beinen. Er wollte nach Hause. Er probierte den Hut auf. Er paßte wie angegossen und gab Townsend das verräterische Gefühl, ihn schon unzählige Male getragen zu haben.

Er behielt ihn auf und ging weiter die Straße hinauf, doch er wußte, daß er die Initialen eines anderen auf dem Kopf trug.

Als er sich umsah, konnte er nicht verstehen, was er in dieser Gegend zu suchen hatte, warum er überhaupt hergekommen war. Es war eine Straße in den Slums, in der es von Menschen wimmelte und die mit Schiebekarren blockiert war. Ein Auftrag von seinem Büro? Eine Besorgung für Virginia? Was immer es war, der Schock durch den Unfall hatte es vollständig aus seinem Bewußtsein verbannt. Er bog um die Ecke, vorbei an einem Straßenschild mit der Aufschrift TILLARY STREET und griff, während er seinen Nachhauseweg fortsetzte, geistesabwesend in seine Taschen, um eine Zigarette herauszuholen.

Anstelle der vertrauten, billigen, zerknitterten Packung, die er gewöhnlich tagelang mit sich herumtrug, bis sie praktisch auseinanderfiel, brachte er ein elegantes, schlankes, goldgefaßtes Emailetui hervor, das ihn hämisch anfunkelte.

Er ließ es fallen wie eine heiße Kartoffel. Dann starrte er es dort, wo es lag, eine ganze Weile an. Schließlich bückte er sich, hob es mit zitternder Hand auf, öffnete und untersuchte es. Es enthielt nicht einmal seine eigene Zigarettenmarke. Weder innen noch außen war etwas eingraviert, kein Anhaltspunkt, wem es gehörte oder woher er es hatte.

Er steckte es wieder in die Tasche und zwang sich weiterzugehen. Er hatte Angst, dort zu lange zu stehen und zu viel darüber nachzudenken. Etwas seltsam Bedrohliches lag in der Luft, und er fürchtete sich davor, es in seiner ganzen Gewalt anzuziehen wie einen Blitz bei einem Gewitter. Der Wunsch, nach Hause zu kommen, war jetzt noch stärker als vorher.

Er mußte einen Bus nehmen, da er sich in einer völlig anderen Gegend befand. Auf der ganzen Strecke umgab ihn eine Art Dunkelheit, obwohl der Bus innen ganz hell war.

Er stieg aus, und als er um die Ecke bog, lag endlich das vertraute Gefilde der Rutherford Street vor seinen Augen. Er trottete die Straße hinunter zu seiner Wohnung. Nur noch ein paar Türen weiter und er war zu Hause. Aber so vertraut die Straße auch sein mochte, etwas war doch ein wenig anders. Hier und da schienen sich Kleinigkeiten verändert zu haben, doch konnte er nicht genau sagen, was es war. Er sah dieselben vertrauten Kinder auf der Straße spielen; sie schienen ihm jedoch alle größer als vorher.

Er sah das Haus unmittelbar vor sich, doch als er es erreicht hatte und hineingehen wollte, stockte er plötzlich und blieb wie angewurzelt auf der untersten Treppenstufe stehen. Seine Miene erstarrte, als er die beiden linken Fenster im Parterre sah. Was war seit heute morgen geschehen? Was um alles in der Welt hatte sich zugetragen?

Die Vorhänge waren von den Fenstern verschwunden, die Scheiben trübe und staubig, als wären sie seit Wochen nicht mehr geputzt worden. Virginia sorgte doch stets dafür, daß die Fenster blitzsauber waren und glänzten. Wie konnten sie seit heute morgen in einen solchen Zustand geraten sein? Sie mußte Asche oder Scheuerpulver genommen und sie absichtlich so verschmiert haben. Vielleicht war das eine neue Reinigungsmethode, die sie ausprobieren wollte. Auch die Geranie hatte sie vom Fensterbrett genommen.

Noch immer blaß und zitternd von dem Schock, der seine Nerven gerade erschüttert hatte, ging er hinein. Er stellte fest, daß er bei dem Unfall vermutlich seinen Schlüssel verloren hatte. Er nahm sich nicht die Zeit, danach zu suchen. Er wollte hinein, fort von all diesen Absonderlichkeiten. Er klopfte, rüttelte hektisch am Türgriff. Sie machte nicht auf. Er konnte nicht still dastehen und warten. Er ging zurück zur Eingangstür und klingelte bei Mrs. Fromm, der Hausmeistersfrau. Sie kam sofort und zeigte sich maßlos erstaunt, ihn zu sehen. Sollte auch sie an den absonderlichen Vorgängen teilhaben? »Mr. Townsend! Ja, was machen Sie denn hier?«

»Was ich ...?« wiederholte er benommen.

»Möchten Sie Ihre alte Wohnung wieder mieten? Ein Wort genügt. Sie steht für Sie bereit. Die letzten Mieter sind erst vor sechs Wochen ausgezogen.«

»Meine alte Wohnung? Sechs Wochen ...« Er mußte sich an der Wand abstützen. »Könnte ich bitte ein Glas Wasser haben?«

Beunruhigt beeilte sie sich, es ihm zu holen.

Er spürte, daß sich ihm die Haare sträubten wie bei einem grausigen, unergründlichen Geheimnis. Er versuchte mit aller Macht, sein seelisches Gleichgewicht wiederherzustellen, sich um jeden Preis in den Griff zu bekommen. »Ich bin Frank Townsend. Ich komme wie jeden Tag von der Arbeit nach Hause. Warum passiert mir das?«

Als sie zurückkam, wirkte er wie die Ruhe selbst. Er wußte instinktiv, daß ihm weder Mrs. Fromm noch sonst ein Außenstehender hierbei helfen konnte. Damit würde er nur seine Zeit vergeuden und vielleicht sogar noch in Gewahrsam genommen. Es gab nur einen Menschen, zu dem er gehen konnte, nur einem Menschen konnte er ganz vertrauen. Er wollte so schnell wie möglich zu seiner Virginia, wo sie auch sein mochte. Doch wo war sie?

In möglichst beiläufigem Ton sagte er: »Können Sie mir sagen, wo ich meine Frau finden kann? Mir ist gerade ein Stück Mörtel auf den Kopf gefallen, und deshalb bin ich wahrscheinlich ein bißchen benommen und versehentlich hergekommen ...«

Sie wurde blaß, gab ihm jedoch die erhoffte Auskunft. »Ihre Frau wohnt jetzt in der Anderson Avenue, Mr. Townsend, zweite Querstraße, das zweite Haus an der Ecke. Sie ist ein paar Mal hiergewesen, um nachzusehen, ob Post für sie da ist. Deshalb weiß ich es zufällig.«

»Danke«, sagte er leise und ging zurück. »Ist es nicht seltsam, wie ... wie verwirrt ich bin?«

Sie begleitete ihn zur Haustür und schüttelte besorgt den Kopf. »An Ihrer Stelle würde ich sowas nicht auf die leichte Schulter nehmen. Vielleicht haben Sie ja eine Gehirnerschütterung ...« Er ging eilig fort, und sein Herz klopfte wie ein Schmiedehammer. Jetzt hatte er mehr als nur Angst. Ständig kamen neue erschreckende Rätsel hinzu. Zuerst ein Hutband mit falschen Initialen. Dann ein Zigarettenetui in seiner Tasche, das er noch nie im Leben gesehen hatte, mit einer Marke, die er noch nie geraucht hatte. Und nun, zu Hause, eine leere Wohnung. Seine Anschrift hatte sich vom Morgen bis zum Abend ohne Vorwarnung geändert. Und doch hatte die Hausmeisterin so getan, als sei es bereits Wochen oder Monate her. Er rannte in Richtung Anderson Avenue los.

Schließlich fand er das Haus. Mit einem an Grauen grenzenden Gefühl blieb sein Blick auf einem Namen – ihr Name und doch wieder nicht ihr Name – auf einem der Briefkästen haften: VIRGINIA MORRISON. Was hatte sie hier in diesem fremden Haus verloren, unter ihrem Mädchennamen?

Doch was auch geschehen sein mochte, er wußte, daß er es bald erklärt bekäme. In ein paar Minuten. Und das war nicht tröstlich, denn es hatte ein solches Ausmaß von Absonderlichkeit erreicht, daß eine gewöhnliche Erklärung nicht mehr ausreichte. Jetzt fürchtete er eine Erklärung fast ebensosehr wie das Fortbestehen des Rätsels.

Er läutete, und der Türöffner wurde gedrückt. Er ging in das Treppenhaus, suchte die Tür mit der gleichen Nummer wie auf der Klingel, stellte sich davor und wartete.

Minuten vergingen, die jedem im Leben erspart bleiben sollten. Minuten deliriumartiger Trance, in denen nichts geschah, spannungsgeladene Minuten, in denen man auf etwas wartet und sich fragt, was es wohl sein könnte.

Als er jenseits der Tür Schritte näherkommen hörte, schreckte er ein wenig davor zurück. Dann drehte sich der Türknauf, das Schnappschloß ging auf, die Tür öffnete sich um einen Spalt von Gesichtsbreite, und da standen sie und sahen einander an.

Er und sie. Frank Townsend und seine Frau Virginia.

Er hatte sie seine Stoffpuppe genannt. Sie erinnerte ihn immer an eine Stoffpuppe, eine von diesen kecken, die ganz verdreht auf Frisierkommoden sitzen. Vielleicht weil sie so lange Glieder hatte und sich so schlaksig in den Sesseln herumräkelte, sich nicht einfach nach hinten hineinfallen ließ, sondern seitlich, über die Lehne. Auch trug sie das Haar glatt, mit einem geraden Schnitt über der Augenlinie. Das kam hinzu. Und ihr Mund war ganz klein, sah meist aus wie ein rotumrandetes Tüpfelchen mit einer Kerbe. So war sie.

Doch jetzt war seine Stoffpuppe ganz schlaff und matt, und obwohl sie sich nicht verändert hatte, war sie doch anders. Alles war wie sonst und doch wieder nicht ganz so wie sonst. Ein wenig verblichener vielleicht, ein wenig gedämpfter, nicht ganz so strahlend.

Er dachte, sie würde vor seinen Füßen zu Boden sinken, doch sie fand an der Tür Halt. Sie lehnte die Stirn einen Augenblick an den Türrahmen, als ob ihre Augen müde wären und so ein wenig Ruhe suchten.

Dann warf sie sich plötzlich an ihn, in seine Arme.

Sie atmete tief an seiner Brust, als bekäme sie nicht genug Luft. Auch ihm fiel das Atmen schwer. Es war wohl ansteckend.

»Virginia, Liebling, laß mich rein«, sagte er. »Ich hab' Angst. Es sind merkwürdige Dinge geschehen. Ich will drin sein, bei dir.«

Sie stieß die Tür mit dem Rücken zu und hielt Townsend mit beiden Händen fest, als hätte die Tür eine eigene Kraft, die ihn wieder hinaussaugen könnte, wenn sie sich nicht an ihn klammerte. Als nächstes saß er im Schlafzimmer, auf der Kante der einen Hälfte des vertrauten Doppelbetts, und zog die Schuhe aus. Er bemerkte, daß die andere Hälfte des Bettes abgezogen war. Selbst die Matratze war herausgenommen worden. Der nackte Rahmen stand jetzt an der Wand, und ein ganzes Sammelsurium von Schachteln und anderem undefinierbaren Hausrat lag darüber verstreut. Das andere Bett war vollkommen ordentlich. Er legte sich darauf zurück, und sie kam mit einer kalten Kompresse herein und legte sie ihm auf den Kopf.

Dann setzte sie sich neben ihn, hielt seine Hand zwischen ihren Händen und drückte sie an die Wange. Sie sagte kein Wort. Er wußte, sie hatte Angst, ebenso wie er.

Er sah sie unentwegt fragend an. Schließlich platzte er heraus: »Virginia, die Flasche Whisky, die ich zu Weihnachten bekommen hab' ...«

»Die ist noch da«, sagte sie mit erstickter Stimme. Sie stand auf und ging hinaus. Er glaubte, einen Schluck vertragen zu können.

Virginia kam zurück und gab ihm ein Glas voll. Er umklammerte es fest, als könne sein Leben davon abhängen, es in Reichweite zu haben.

»Virginia, mir ist so seltsam. Ich fühl' mich so verloren. Ich begreif' nicht, was da vorgeht. Vielleicht ist's nur dieser Schlag auf den Kopf. Aber ich muß es von dir erfahren. Da waren schon so ein paar Kleinigkeiten auf der Straße, aber die sind nicht so wichtig, die laß ich mal beiseite. Das Wichtigste ist, warum hast du das getan? Warum bist du so plötzlich umgezogen, ohne mir was davon zu sagen? Denn als ich heute morgen zur Arbeit ging ...«

Ihre Hände flogen entsetzt zum Mund und verschlossen ihn mit starr gekreuzten Fingern. Ein erstickter Schrei drang hindurch. Townsend richtete sich zu ihr auf. Mit sanfter Gewalt zog er ihr die Hände vom Mund, die sie am Sprechen hinderten. »Virginia, heraus mit der Sprache!«

»Mein Gott, Frank, was redest du da? *Heute morgen ...*? Ich bin vor mehr als anderthalb Jahren von der Rutherford Street in diese Wohnung gezogen!«

Übelkeit und Angst befiel die beiden. Seine Hand machte

eine rasche Bewegung, und schon hatte er den stärkenden Whisky gekippt. Das leere Glas schaukelte auf dem Bett neben ihm hin und her. Er preßte beide Hände fest an den Kopf, als wolle er ihn vorm Bersten bewahren.

»Ich kann mich erinnern, daß ich dir an der Tür einen Abschiedskuß gegeben hab'«, sagte er hilflos. »Ich weiß auch, daß du mir noch nachriefst: ›Hast du auch deinen Wollschal dabei? Es ist kalt draußen!‹«

»Frank«, sagte sie, »schon am Wetter müßtest du's merken. Es ist warm draußen. Du trägst keinen Schal, ja nicht mal einen Mantel. Du bist im Winter fortgegangen, und jetzt ist Frühling. Du hast mich am 30. Januar 1938 verlassen. Das Datum hab' ich nicht vergessen, wie könnt' ich das auch? Und heute ist... Warte, du sollst es selbst sehen.« Sie schwankte erneut aus dem Zimmer und kam mit einer Zeitung zurück, der neuesten Abendausgabe, und reichte sie ihm.

Fiebernd las er das Datum: »10. Mai 1941.«

Er ließ die Zeitung fallen, und ihre losen Blätter verstreuten sich über den Fußboden. Dann grub er die Handwurzeln verzweifelt in die Augenhöhlen. »Mein Gott! Was ist mit all dieser Zeit geschehen, diesen Wochen, diesen Monaten, diesen Jahren. Ich kann mich an alles ganz genau erinnern, bis ins kleinste Detail... Bis zu dem Morgen. Ich weiß noch, was ich gefrühstückt hab'. Ich kann mich sogar noch entsinnen, daß wir am Abend davor im Kino waren, um uns MacDonald und Eddy in *Rosalie* anzusehen. Es ist, als wär's gestern gewesen. Und vorhin ist in der Tillary Street der Fries eines Hauses auf mich gefallen, und als ich wieder auf den Beinen war, bin ich einfach nach Haus gegangen, wo ich hingehöre. Doch was war in all den Jahren dazwischen?«

»Erinnerst du dich denn an gar nichts mehr?«

»Alles ist in Sekundenschnelle vergangen. Nicht einmal das, denn selbst an eine Sekunde kann man sich noch erinnern, wenn man sich nur genug Mühe gibt. Es ist, als wären all diese Jahre nie gewesen.«

»Vielleicht sollten wir einen Arzt rufen ...«

»Auch ein Arzt kann sie mir nicht zurückgeben. Ich hab' sie erlebt, nicht er.«

»Ich hab' schon früher mal von solchen Fällen gelesen«, versuchte sie ihn zu beruhigen. »Amnesie heißt das, glaub' ich. Als du an jenem Morgen fortgegangen bist, muß irgendwo auf dem Weg zur Arbeit etwas mit dir passiert sein, irgendein Unfall, ein Schlag, sowas wie heut' abend in der Tillary Street. Vielleicht hast du von spielenden Kindern einen Baseball an den Kopf gekriegt. Was es auch war, du bist äußerlich unverletzt aufgestanden und wußtest nicht mehr, wer du bist, hast vergessen, wohin du wolltest, vergessen, wieder zu mir nach Haus zu kommen. Und keiner der Leute, die gesehn haben, wie's passiert ist, war schlauer. Dein Anzug war gerade an diesem Morgen aus der Reinigung gekommen. Du warst so in Eile, daß du gegangen bist, ohne all die persönlichen Kleinigkeiten, die du sonst in den Taschen mit dir herumträgst, aus dem alten Anzug zu nehmen und in den neuen zu stecken. Irgend etwas davon – eine Adresse auf einem alten Umschlag, eine Quittung – hätte dir geholfen. Aber ohne diese Dinge warst du völlig von der Vergangenheit abgeschnitten.«

Doch dann sagte sie: »Jetzt bist du wieder da, Frank. Nur das zählt. Laß uns alles andere vergessen.«

Die lähmende Angst ließ ein wenig nach, während die Stunden verstrichen und sie darüber sprachen. Doch tief im Innern war er noch immer sehr beunruhigt, viel mehr als Virginia. Das war nicht anders zu erwarten. Er hatte ja auch seine Identität verloren und nicht sie. Sie hatte ihn wieder. Damit war das Rätsel für sie gelöst. Für ihn war es noch immer undurchdringlich, tat sich hinter ihm auf wie ein Abgrund, in den man von einem sicher wiedergewonnenen, sonnigen Felsvorsprung blickt. Ein falscher Tritt, und ...

In der Stille der Nacht fuhr er, lange nachdem sie das Licht gelöscht hatten und ruhig in dem dunklen Zimmer lagen, plötzlich mit schweißbedeckter Stirn hoch: »Virginia, ich hab' Angst! Mach das Licht an, ich fürcht' mich vor der Dunkelheit. Wo war ich? Wer bin ich die ganze Zeit gewesen?«

2

Er hatte seine alte Stelle wieder. Oder besser gesagt, eine andere bei demselben Arbeitgeber. In den Wochen unmittelbar nach seinem Verschwinden hatte Virginia dort auf wiederholte Nachfragen erzählt, ihr Mann habe einen Nervenzusammenbruch erlitten und zur Erholung gehen müssen. Ihr Stolz hatte sie dazu bewogen. Sie konnte es nicht ertragen, daß jemand glaubte, sie wisse nicht, wo er sich aufhalte oder was aus ihm geworden sei. Also hatte man ihm, als er wieder vorstellig wurde, ohne viele Fragen zu stellen, einen Arbeitsplatz zur Verfügung gestellt, und die wenigen Fragen waren äußerst verständnisvoll. Dadurch war es entschieden weniger peinlich.

Die altvertraute Routine bestimmte allmählich wieder seinen Alltag. Die Lücke in seinem Gedächtnis wurde immer mehr zur Vergangenheit. Er wagte sogar zu hoffen, daß sie vielleicht, in nicht allzuferner Zukunft, eine dieser vagen, nie erwähnten Erinnerungen würde, die zwei Menschen miteinander teilen, ohne jemals darüber zu sprechen.

Die Tage wurden allmählich länger, so daß er auf eine von der untergehenden Sonne noch immer hell erleuchtete Straße trat, als er seinen Arbeitsplatz verließ. Am Kiosk an der Ecke kaufte er eine Zeitung, um sie mit nach Hause zu nehmen, und eilte dann zu seiner gewohnten Bushaltestelle, wo er sich zu einigen bereits dort Wartenden gesellte. Während er dort stand, faltete er die Zeitung auseinander und begann, sie zu überfliegen. Er hielt sie so, daß seine untere Gesichtshälfte verdeckt wurde, doch war ihm das nicht bewußt.

Er hatte so vielleicht zwei Minuten gestanden – der Bus hatte offensichtlich etwas Verspätung – als etwas seine Lider zucken ließ, so daß er aufblickte. Es war das Gefühl, eingehend beobachtet zu werden.

Ein Mann in der auf dem Gehweg vorbeiströmenden Menschenmenge wollte gerade an ihm vorübergehen. Townsends plötzlich enthülltes Gesicht, als er über die Zeitung schaute, hatte seine Aufmerksamkeit auf sich gelenkt. Der umherschweifende Blick wurde zu einem unverwandten Starren. Das unverwandte Starren zu einer eindringlichen Musterung.

Der Mann zügelte seinen eiligen Gang, sein Schritt wurde langsamer. Den nächsten vergaß er völlig, sein Fuß zögerte unsicher am Boden. Er war inzwischen fast völlig zum Stehen gekommen.

Das Objektiv in Townsends Hirn fotografierte ihn, entwickelte den Film und machte einen Abzug – alles in einem einzigen Vorgang. Der Mann war kräftig gebaut, knapp mittelgroß, jedoch nicht klein. Der Hutrand verdeckte sein Haar – außer an den Seiten, wo es jedoch zu kurz war, um eine bestimmte Farbe erkennen zu lassen – doch seine grauen Augen wirkten unter den dunklen, buschigen Brauen wie Achat. Harte Augen, die selten Milde zeigen, Augen, die nicht lachen. Es war schwer, auf den ersten Blick zu sagen, wer oder was er war. Er konnte alles sein. Es war ein Gesicht in der Menge, und Townsend kannte ihn nicht, hatte ihn noch nie im Leben gesehen.

Doch das Gesicht ging nicht weiter, blieb zurück wie ein weißer Felsen, der beständig durch wogendes, strömendes Wasser schaut. Irgend etwas löste in Townsend eine Alarmglocke aus, die Gefahr ankündigte. Niemand hält grundlos auf der Straße an und mustert einen eingehend. Dieser Mann erkannte ihn oder glaubte zumindest, ihn zu erkennen, war sich seiner Sache aber noch nicht ganz sicher. Doch was es auch sein mochte, eine unschuldige Bekanntschaft auf gesellschaftlicher Ebene war gewiß nicht die Ursache. Schon das Verhalten des Mannes machte dies deutlich. Als er sich noch vergewissern wollte, erkannte er zu spät, daß er durch sein unverhohlenes Starren Aufmerksamkeit auf sich lenkte, Townsends Argwohn erweckte. Er versuchte, den Fehler wiedergutzumachen, indem er – allerdings viel zu unvermittelt, um überzeugend zu wirken – seinen ursprünglich eingeschlagenen Weg fortsetzte.

Doch nicht sehr weit. Eine Schaufensterauslage in nicht allzu großer Entfernung schien sein Interesse geweckt zu haben, und er ging quer über die Straße zielstrebig darauf zu, obwohl er von seinem Ausgangspunkt noch gar nicht hatte erkennen können, was ihn eigentlich daran anzog. Er blieb davor stehen und blickte – den Rücken zum Bürgersteig – aufmerksam hinein. Die Fenster waren gute Spiegelflächen, das war Townsend klar.

Seine innere Alarmglocke schrillte inzwischen laut. »Ich muß hier verschwinden!« beschwor er sich selbst eindringlich.

Während er die Möglichkeiten abwägte, verriet er sich mit keiner Kopfbewegung. Der Bus wäre lediglich eine Falle auf vier Rädern, wenn es diesem Unbekannten einfiel, ebenfalls einzusteigen. Befanden sich beide erst einmal im Bus, war es unmöglich, unbemerkt auszusteigen.

Wenn Townsend zu seinem Arbeitsplatz zurückkehrte und dort ein paar Minuten auf einen späteren Bus wartete, trieb sich sein Verfolger vielleicht noch immer hier herum, wenn er wieder herauskam. Außerdem wußte er dann, wo Townsend jeden Tag um diese Uhrzeit herkam, was ihm bis jetzt nicht bekannt war.

Wenn er, um ihn abzuschütteln, einfach einmal um den Block ging und dann zu seinem Ausgangspunkt zurückkehrte – nun ja, schließlich konnten auch zwei Leute um den Block gehen – in gehörigem Abstand.

Der Gejagte oder Verängstigte, ob nun zwei- oder vierbeinig, sucht instinktiv ein Loch im Boden. Es gibt kein besseres Versteck als ein Loch im Boden. Eine Straße weiter war eine U-Bahn-Station. Er hatte sie noch nie benutzt, weil die Haltestelle am anderen Ende mehrere Straßen von seinem Ziel entfernt war. Es war nicht die kürzeste Verbindung zwischen seinem Arbeitsplatz und seiner Wohnung.

Doch war es besser, etwas zu unternehmen, als sich der Gefahr auszusetzen, die hinter dieser getarnten Beobachtung lauerte, und der panischen Angst, die sie ihm einflößte. Er wollte versuchen, die Untergrundbahn zu erreichen.

Er wandte den Kopf ein wenig zur Seite, ohne ganz über die Schulter zu schauen. Das Schaufenster dort hinten hielt den Fremden sehr lange in seinem Bann. Zu lange. Townsend, der ja in unmittelbarer Nachbarschaft arbeitete, wußte, welches es war. Es war ein Laden, der Bruchbänder und orthopädische Prothesen in der Auslage hatte. Was dem Mann vor dem Schaufenster auch fehlen mochte, ein Stützkorsett war es gewiß nicht. Sein Rücken war kerzengerade und seine Taille schlank und geschmeidig.

Townsend machte sich bereit, indem er verstohlen seine Zeitung zusammenfaltete. Er wartete, bis die Ampel umschaltete, und versuchte dann zu entkommen. Er rannte nicht in wilder Panik davon, sondern fiel unvermittelt in einen raschen Gang.

Er schaute sich nicht um, während er gut sichtbar die Straße überquerte. Er verspürte einen entsetzlichen Druck – den Instinkt aller Lebewesen, denen man auflauert –, doch er beherrschte sich. Er erreichte den gegenüberliegenden Gehsteig, und die Häuserreihe an der Ecke durchschnitt die Sichtverbindung und trennte die beiden vorübergehend.

Sofort ging Townsends forscher Gang in einen weitausholenden Laufschritt über, durch den er rasch vorwärtskam, ohne so gehetzt zu wirken, daß er bei den Passanten Argwohn erweckte.

Die Querstraße war nicht lang; genauer gesagt, sie war nicht lang genug, um ihm einen ausreichenden Vorsprung zu verschaffen. Doch vor ihm lag wie eine Fallgrube eine klar umrissene, rechteckige Öffnung als Ziel. Und er erreichte es. Seine Absätze erzeugten auf den Metallkanten der Stufen ein

Geräusch, das ein wenig an das Schütteln eines Würfelbechers erinnerte. Es war zumindest eine Chance. Ihm blieb keine andere Wahl, als sie wahrzunehmen.

Mitten auf der Treppe hielt er – die Augen auf einer Ebene mit den Schuhen der Passanten – kurz inne und schaute zurück. Was er sah, ließ ihn die restlichen Stufen hinunterrasen.

Der Mann kam, so schnell er konnte, auf der Straße hinter ihm hergerannt. Mit dem war nicht zu spaßen. Er wollte um jeden Preis an Townsend dranbleiben.

Als Townsend unten angekommen war, hatte er zwei Möglichkeiten. Er konnte zur Treppe auf der anderen Seite laufen und wieder hinauf auf die Straße rennen – in diesem Fall würde die Jagd einfach auf dem gegenüberliegenden Gehsteig fortgesetzt. Er konnte aber auch auf den Bahnsteig flüchten. Wenn er allerdings auch nur eine Minute auf eine U-Bahn warten mußte, war er verraten und verkauft, war er hilflos.

Ein anschwellendes Brausen wie das eines scharfen Windes, der durch den Tunnel toste, ihm voran ein grünes und ein rotes Auge, verhalf ihm zur Entscheidung. Es mochte zwar über eine Minute dauern, bis der Zug wieder abfuhr, doch konnte es Townsend gelingen, im Gedränge unterzutauchen. Gerade als eine Flucht hellerleuchteter Zugfenster den Bahnsteig entlangglitt, stürzte er zu einem Drehkreuz.

Er pries die pedantische Gewohnheit, für die Fahrt von und zum Arbeitsplatz stets ein Fünf-Cent-Stück parat zu haben, das getrennt vom übrigen Kleingeld in einer anderen Tasche steckte. Das ersparte ihm stets kostbare Sekunden der Sucherei zwischen Ein-, Zehn- und Fünfundzwanzig-Cent-Stücken. Nun entging er dadurch der Katastrophe, zum Fahrkartenschalter zurückkehren zu müssen, um so mit nahezu hundertprozentiger Sicherheit eingeholt zu werden. Die spiegelnde Fläche um den Einwurfschlitz verzerrte den Kopf Thomas Jeffersons auf der Münze zu einer häßlichen Totenmaske, und Townsend preschte hindurch.

Er wußte, es kam auf Sekunden an, doch er hatte sich auf das Spiel eingelassen, und jetzt gab es kein Zurück mehr. Er stieg nicht in den erstbesten Wagen ein, da dies eine zu offensichtliche Zuflucht gewesen wäre, sondern sprintete ein ganzes Stück den Bahnsteig entlang zu einer Tür, die von der Treppe aus nicht zu sehen war, und taxierte ganz genau ab, wieviel Zeit ihm noch blieb, bis die Türen sich wieder schlossen.

Als er den dritten Wagen erreichte, gingen die Türen langsam zu. Er schob sich seitlich hinein, gerade noch rechtzeitig, um eine Berührung mit der Tür zu vermeiden, denn sonst hätte er die gummiisolierten Ränder auseinanderschieben müssen und dadurch im ganzen Zug das Türenschließen verzögert.

Er hatte gewonnen. Oder doch nicht? Die winzigen roten Anzeigelichter gingen aus. Das Kontrollsignal wurde an den Zugführer weitergegeben. Der Zug war praktisch vom Bahnsteig abgeschirmt, bevor er sich auch nur einen Zentimeter fortbewegt hatte. War der Verfolger jedoch schlau genug gewesen, sich gleich auf die erste Tür zu stürzen, diejenige nämlich, die Townsend gemieden hatte, konnte er es geschafft haben, konnte sich in diesem Augenblick irgendwo in dem überfüllten Zug befinden.

Townsend wurde übel bei dem Gedanken; entmutigt ließ er in der Ecke des Vorraums, in dem er stand, die Schultern sinken. Die Wagen glitten langsam nach vorn und ließen den Bahnsteig hinter sich zurück.

Erspart blieb ihm die zusätzliche Qual der Ungewißheit, wann während der langen Nachhausefahrt unvermutet eine schwere Hand aus der anonymen Menschenmenge nach ihm greifen und ihn festhalten würde, oder ob er entdeckt worden war und ständig, ohne sein Wissen, von eiskalten Achataugen unter dem Schatten eines Hutrandes beobachtet würde, um am Ziel weiterverfolgt und in einer günstigeren, einsameren Umgebung eingeholt zu werden. Als sein Wagen nämlich die Mitte des Bahnsteigs erreichte, sah er seinen Verfolger dort stehen. Offenbar hatte er den richtigen Zeitpunkt verpaßt.

Unzählige Dinge konnten ihn aufgehalten haben. Vielleicht hatte er nicht die passende Münze parat gehabt – falls er sich überhaupt die Mühe gemacht hatte, eine einzuwerfen und nicht, was wahrscheinlicher schien, unter dem Drehkreuz durchgeschlüpft war. Vielleicht hatte er zu viele Möglichkeiten auf einmal in Betracht ziehen müssen ... den Bahnsteig, die Bahnhofstoilette, das Versteck hinter einer der Münzwaagen, und hatte durch das kurze Zögern seine Chance verpaßt. Oder, und das traf wohl am ehesten zu, der entgegenkommende Strom der ausgestiegenen Fahrgäste, dem Townsend gerade noch entgangen war, hatte die Treppe derart blockiert, daß er zu spät unten ankam. Townsend hatte die Partie gewonnen.

Der Mann rannte den Bahnsteig entlang, wollte mit dem Zug mithalten, fiel jedoch immer weiter zurück und spähte dabei wie ein Falke durch jedes beleuchtete Fenster, das an ihm vorbeiglitt. Nun holte ihn das Fenster an der Tür des Vorraums ein, an der Townsend stand, und ihre Blicke trafen sich an diesem Tag das zweite und letzte Mal. Panische Angst, durch die gewonnene Sicherheit noch nicht gemildert, traf sich mit verbissener Zielstrebigkeit.

Er versuchte nun nicht mehr, sich zu verstellen, der Mann da draußen, vor der trüben Fensterscheibe, denn so war ihm Townsend das erste Mal erwischt. Er versuchte jetzt nicht mehr so zu tun, als verfolge er keine Absicht oder jemand anderen als Townsend. Ohne die geringste Veränderung seiner undurchdringlichen Miene oder auch nur den Anflug eines Gefühls in seinen kalten, grauen Augen griff er mit Bedacht an seine Hüfte und zog eine Pistole.

Townsend war vor Entsetzen über dieses unglaubliche Verhalten so gelähmt, daß er nicht einmal in der Lage war, sich hinter die stählerne untere Hälfte der Tür zu ducken. Oft werden einem die Knie weich vor Schreck, doch seine waren steif und unbeweglich geworden. Er war starr wie ein Tier, das von einer Schlange hypnotisiert wird. Außerdem zwängten ihn die ahnungslosen Fahrgäste um ihn herum so ein, daß er sich ohnehin kaum bewegen konnte.

Der Mann schoß nicht auf ihn, wie Townsend zuerst einen wahnwitzigen Augenblick lang glaubte. Er schwang den Arm über den Kopf und schlug mit aller Wucht mit der Pistole auf das Türblech ein. Man hörte einen dumpfen Schlag, weiße Adern zogen sich durch das Blech, und es stülpte sich in einer kleinen kegelförmigen Blase nach innen, fast so, als wäre es formbar. Doch es hielt; kein Stück fiel heraus.

Er versuchte, die Glasscheibe einzuschlagen, von außen durch die Öffnung zu greifen und die Notbremse zu ziehen, um den Zug anzuhalten. Es war Wahnsinn, doch körperlich zu bewerkstelligen, vorausgesetzt, er balancierte mit einem Fuß auf dem kleinen Vorsprung am unteren Rand des Wagens, klammerte sich an einen der Haltegriffe draußen zwischen den Wagen, die auch von den Schaffnern benutzt wurden, und ließ sich vom fahrenden Zug die kurzen Augenblicke tragen, bis ihn die Wand des Tunnels abschüttelte.

Es wäre ein ziemliches Glücksspiel gewesen, den Zug zum Stehen zu bringen, bevor er in den Tunnel gezogen und dort zu Tode gequetscht worden wäre. Doch äußere Kräfte schalteten sich ein und hinderten ihn daran. Die uniformierten Arme eines Bahnwärters schlangen sich plötzlich von hinten um ihn, rangen mit ihm und rissen ihn kurzerhand los. Das laokoonähnliche Gebilde verschwand aus dem Blickfeld, blieb zurück. Der erleuchtete Bahnsteig verlosch, wurde zu schwarzer Tunnelwand. Der Zug brauste ungehindert davon.

Ein Gedanke beschäftigte Townsend auf der ganzen Nachhausefahrt: »Er hätte mich erschießen können. Offenbar wollte er mich lebend.« Und dieser Gedanke war nicht dazu angetan, seine panische Angst zu mildern.

Virginia erzählte er von all dem nichts. Was hätte er ihr auch erzählen können? Er konnte nur grauenerregende Umrisse zeichnen, ohne sie mit Bedeutung füllen zu können. Ein Fremder auf der Straße hatte ihn verfolgt. Das war entweder zuviel oder zu wenig. Er wußte weder, wer der Mann war, noch was er von ihm wollte, ja nicht einmal, wer er, den dieser Jemand wollte, überhaupt war.

Er wußte lediglich, daß der bodenlose schwarze Krater seiner unbekannten Vergangenheit doch nicht ruhte oder leblos war. Er hatte gerade eine blutrote Flamme nach ihm züngeln lassen, als wolle er versuchen, ihn zurück in seine Tiefen zu ziehen und ihn zu verschlingen.

3

Ein Tag verging mit angehaltenem Atem, dann ein zweiter, an dem man schon fast ein wenig aufatmen konnte. Am dritten jedoch ging Townsends Zuversicht erneut die Luft aus. Er sah es wieder, das Gesicht in der Menge.

Ein Zufall rettete ihn. Nicht einmal ein Zufall; vielleicht das Trivialste, das einen Fußgänger zum Stehenbleiben veranlassen kann. Als er das Gebäude verlassen wollte, in dem er arbeitete, stolperte er über einen offenen Schnürsenkel und hielt inne. Draußen sah er Achatauge vorbeigehen, den Mann, der ihn zur Untergrundbahn gehetzt hatte. Sie waren nur ein paar Meter voneinander entfernt, näher sogar, als vor drei Tagen, fast auf Tuchfühlung, könnte man sagen. Der Mann ging an dem Torbogen vorüber und verschwand auf dem Gehweg aus Townsends Blickfeld. Wäre der lose Schnürsenkel nicht gewesen, wäre Townsend ihm genau über den Weg und direkt in die Arme gelaufen.

Er wußte, er hatte sich nicht geirrt. Es war der Mann. Er war Townsend schon fast so vertraut wie ein böser Traum, denn er war in den vergangenen Nächten zu häufig in seinen Träumen vorgekommen, die breiten Schultern, die schmale Taille, der elastische Gang, der von einem vollkommenen Muskelspiel zeugte. Er trug dieselbe Kleidung, denselben Hut, hatte auch dieselben Augen, kalt und hart und grau.

Townsends erster Impuls war, sich umzudrehen und tief in das Gebäude zurückzutauchen, die lange Passage zwischen sich und diese allgegenwärtige Bedrohung zu bringen.

Statt dessen trieb es ihn jedoch unwiderstehlich nach vorne, um ihm nachspähen zu können, festzustellen, wohin er ging.

Genau zwischen Townsends Gebäude und der Straßenecke befand sich der Stand eines Schuhputzers, von dem man einen ausgezeichneten Blick auf die Bushaltestelle hatte. Townsend kam gerade noch rechtzeitig, um zu sehen, wie sich die graugekleidete Gestalt aus der Menge löste, den wackligen Aufbau hinaufstieg und in einem der beiden Stühle, die dort standen, Platz nahm. Ein gestreifter Segeltuchschirm war darüber aufgespannt, um die Kunden vor der Sonne zu schützen. Dieser verdeckte die obere Hälfte seines Kopfes. Eine Zeitung, die er aus der Tasche zog und ausbreitete, den Rest. Der Mann wurde einfach zu einem anonymen Paar von Beinen auf der Fußstütze des Schuhputzpodests.

Der Schuhputzer zog blitzschnell sein Putztuch hervor und kauerte sich beflissen nieder, um sich ans Werk zu machen. Dann kratzte er sich am Kopf und schaute ein paar Mal auf die ausgebreitete Zeitung über ihm, als sei er sich nicht im klaren, was man von ihm erwartete. Die Schuhe mußten gerade erst poliert worden sein, brauchten also gar nicht geputzt zu werden. Doch Townsend wußte ja auch, daß der Mann aus einem anderen Grunde dort saß.

Achatauge hatte bislang nur zwei Anhaltspunkte, von denen er ausgehen konnte, und die machte er sich hinreichend zunutze. Einer davon war diese besondere Bushaltestelle, wo Townsend am Ende seines Arbeitstages einstieg. Der andere, daß Townsend für gewöhnlich etwa um diese Tageszeit dort hinkommen mußte. In beiden Fällen konnte er sich verkalkuliert haben, doch Townsend wußte, er hatte recht.

Damit war seine Bushaltestelle für immer tabu. Er mußte jetzt ständig auf der Hut sein, wenn er von der Arbeit kam und zur Arbeit ging. Er mußte von nun an die Buslinie in der nächsten Straße nehmen und damit auf beiden Strecken einen Umweg von einem Straßenzug machen.

Er ging zurück, verließ das Gebäude durch einen anderen Ausgang und schaute auf dem ganzen Weg zur neuen Haltestelle mehr nach hinten als nach vorne.

Jeder graue Anzug war ein Feind, bis das rosa Oval darüber genau zu erkennen war.

Zu Hause, wo er in der Geborgenheit seiner eigenen vier Wände falschen Mut schöpfte, dachte er: Warum geh' ich das nächste Mal, wenn ich ihn sehe, nicht einfach auf ihn zu und frag' ihn ein für alle Mal, was er von mir will? Warum lauf' ich davon, wenn ich nicht einmal weiß, wovor ich davonlaufe? Vielleicht ist's ja nur eine Verwechslung. Warum halte ich das nächste Mal, wenn er mir begegnet, nicht wenigstens so lange durch, bis ich es weiß?

Er wußte jedoch, daß er dies nicht tun würde, und als er den Fremden das nächste Mal wiedersah, tat er es auch nicht.

Die Jagd wurde immer hektischer. Die Schlinge um ihn herum zog sich mit jedem Mal enger zu.

Das nächste Mal hatte Achatauge bereits das Gebäude gefunden, war hineingegangen. Und wieder gelang es Townsend mit knapper Not, ihm nicht in die Arme zu laufen. Unglaublich, daß sich ein solches Wunder, bei dem es um den Bruchteil von Sekunden ging, ein zweites Mal wiederholte – es verstieß gegen alle Gesetze der Wahrscheinlichkeit.

Als Townsend sein morgendliches Ziel erreichte, stellte er fest, daß er keine Zigaretten mehr hatte, und ging in den Billigladen in seinem Bürogebäude, um welche zu kaufen. Während ihm der Verkäufer herausgab, schweifte Townsends Blick aus dem Fenster in die Eingangshalle des Gebäudes.

Da sah er ein Fragment desselben Gesichtes, das er vor drei Tagen gesehen hatte. Es schaute unter einem grauen Hutrand hervor.

Achatauge unterhielt sich mit dem Liftführer dort draußen, ganz in der Nähe des Ladenfensters.

Der Fahrstuhlführer nickte mit kritisch vorgeschobener Unterlippe. Sein Mienenspiel war so beredt, daß es Townsend so vorkam, als könne er die Worte selbst hören. »Ja, ich hab' so jemanden hier in den letzten Tagen rein- und rausgehen sehn. Muß hier irgendwo im Haus arbeiten.« Townsend war erst eine Woche zurück und kannte den Liftführer noch nicht.

Die Achataugen verschwanden unheilvoll und berechnend hinter halb gesenkten Lidern. Der Mund fragte etwas, wobei sich die Lippen kaum bewegten.

Verneinend schüttelte der Fahrstuhlführer den Kopf, deutete vage in Richtung des steten Stroms von Passanten und zuckte hilflos die Achseln. Dies sagte so klar und deutlich wie Worte: »Es gehen so viele Leute vorbei, da kann man unmöglich sehen, wo jeder einzelne hingeht. Sie wissen doch, wie das ist.«

Plötzlich ertönte eine Stimme hinter dem Ladentisch, die Townsend aus der Starre löste, die ihn bis jetzt befallen hatte. »Haben Sie vielleicht Interesse an einer von diesen? Es ist ein Sonderangebot.«

Townsend eilte zur Tür und stürzte aus dem Laden.

Als er die Straße erreichte, schaute er sich wie gehetzt um. Kein grauäugiges Antlitz schaute hinter der Ecke hervor. Er rannte außer Sichtweite. Er hatte es geschafft, doch er wußte, daß er nun nicht mehr an seinen Arbeitsplatz zurückkehren konnte.

Er lief weiter, floh vor dem Unbekannten.

Es war leicht, sich zu sagen, »Sieh der Gefahr ins Auge! Finde ein für alle Mal heraus, worin sie besteht. Vergewissere dich wenigstens, daß es wirklich etwas gibt, vor dem du davonlaufen mußt, bevor du davonläufst.«

Er konnte es nicht. Es war wie ein Sprung ins Ungewisse aus schwindelnder Höhe. Man konnte sicher landen oder auch nicht. Die einzige Gewißheit bestand darin, daß man nicht mehr zur sicheren Höhe zurückkehren konnte. Hatte er seinen Verfolger erst einmal angesprochen, gab es kein Zurück mehr.

Was immer dieser Mann von ihm wollte, begab sich Townsend erst einmal in seine Reichweite, gab es kein Entrinnen mehr. Dieser Mann war von tödlicher Hartnäckigkeit. Das sah man schon daran, wie er mit dem Pistolenkolben auf die Tür des U-Bahn-Waggons eingeschlagen hatte. Das war keine halbherzige Verfolgung, keine Vergnügungsjagd. Das war im wahrsten Sinne des Wortes eine Menschenjagd.

Als er sich seiner Haltestelle näherte, erfüllte ihn der Gedanke an Virginia zusätzlich mit Beklemmung. Sollte er ihr erzählen, daß er seine Arbeit aufgegeben hatte?

Warum nicht lieber warten? Warum sollte er ihr eine weitere Sorge aufbürden? Sie hatte ohnehin schon genug. Er konnte sich ja eine andere Stelle suchen und brauchte ihr nicht seine wahren Gründe dafür zu erklären, warum er diese ganz bewußt aufgegeben hatte. Er konnte sie glauben machen, daß er die neue Stelle für besser hielt. Jedenfalls brauchte er es ihr nicht gleich zu sagen. Er würde seine Arbeitszeit irgendwo im Park verbringen, dort herumsitzen und die Zeit totschlagen.

Er saß auf einer Bank neben einem gewundenen Pfad in der Sonne, junges grünes Frühlingsgras um sich herum. Die friedvolle Szenerie tat ihr Bestes, ihn in ihren Bann zu ziehen, doch innerer Aufruhr und nervöse Anspannung standen dem entgegen. Er saß ganz vorn auf der Kante der Bank, blies sich gelegentlich durch die Hände, als wollte er sie wärmen, und starrte die meiste Zeit trübe vor sich hin ins Leere. Dabei zogen die Stunden langsam an ihm vorüber.

Doch es gab keine Antwort auf das Problem, keine Erleichterung. »Er kommt aus DIESER ZEIT. Ja, denn eine andere Erklärung, eine andere Möglichkeit gibt es nicht. Es liegt bestimmt keine Verwechslung vor. Er kennt mich wirklich. Doch ich kenne ihn nicht. Er ist jemand aus den DREI VERGESSENEN JAHREN«. Und deshalb – das wußte er – hatte er auch solche Angst. Es war die Aura des Unbekannten. Er war auch kein größerer Feigling als jeder andere. Er fürchtete sich nicht vor dem Mann selbst. Er hätte ihn schon längst zur Rede gestellt, wenn es nur das gewesen wäre. Es war keine körperliche Feigheit, sondern psychische.

Dieser Mann kam aus dem Verborgenen, brachte es mit sich. Dieser Mann war mit einer unbekannten Waffe gerüstet. Seine Verfolgung hatte etwas erschreckend Gnadenloses. Townsend konnte sich nicht dazu durchringen, die Herausforderung anzunehmen. Er hatte gerade einen tiefen seelischen Schock erlitten, hatte noch keine Zeit gehabt, ganz darüber hinwegzukommen. Wahrscheinlich brauchte er noch Jahre, um völlig damit fertig zu werden.

Er fühlte sich neuen geistigen Mutproben in dieser Situation nicht gewachsen. Er brauchte Frieden, brauchte Sicherheit. Seine gemarterte Psyche brauchte Zeit, um wieder ins Lot zu kommen. Er war noch immer aufgewühlt, überempfindlich, brauchte die Möglichkeit, sich in aller Ruhe erholen zu können.

Niemand bemerkte Townsend, der den ganzen Tag auf der Parkbank saß. Eine stille Gestalt bei dem verzweifelten Versuch, den Vorhang zu durchdringen, der die Vergangenheit verhüllte.

Es wurde spät. Die Kinder eilten allmählich aus dem Park.

Hin und wieder folgte in gewissen Abständen ein Kindermädchen, das den Wagen nach Hause schob. Auch die Vögel schienen zu verschwinden oder hörten zumindest zu singen auf. Die Sonne selbst zog sich langsam zurück. Die ganze Welt verließ den Schauplatz. Der Park wurde still, verstummte in schaudernder Erwartung. Das tägliche Sterben des Lichtes stand unmittelbar bevor.

Die Dinge der Nacht schlichen sich langsam in Sicht. Blaue Schatten krochen wie vorsichtig greifende Finger langsam unter den Bäumen hervor auf Townsend zu. Sich verdunkelnd rückten sie verstohlen näher, wenn sie sich unbeobachtet wähnten, gaben vor zu verharren, wenn man sie fixierte. Zuerst azur, kaum wahrnehmbar im immer noch kräftigen Tageslicht. Dann dunkelblau wie Tinte, die sich träge durch die Grashalme wälzt und sie bis zu den Wurzeln färbt. Dann schließlich wurden sie, ohne den wachsamen Blick des sich schließenden roten Auges der Sonne schwarz, zeigten ihre wahre Farbe.

Einer davon, der längste, dreisteste von allen, versuchte Townsend wie eine geheime Kraft einzuholen, ihn dort, wo er saß, festzuhalten, reckte sich über den Weg und stahl sich listig näher wie der tückische Fangarm eines Kraken. Hastig zog Townsend den Fuß vor ihm zurück, als wäre er etwas Böses mit eigener Intelligenz. Mit kaltem Mißtrauen starrte er auf ihn herab, sah ihn zaudern wie eine Schlange, deren Biß das Ziel verfehlt hat.

Nacht. Nacht war das, dieser kleiner schwarze Pinselstrich dort auf dem Boden. Nacht, die Zeit der Angst, der Feind.

Townsend wollte fort. Er wollte sich hinter Mauern verschanzen, Lichter einschalten, Türen schließen. Schaudernd im Bewußtsein des Unsichtbaren, Unbekannten stand er auf und ging auf dem gewundenen Pfad durch das Zwielicht. Nur die getragene Würde seines Schrittes verriet den Erwachsenen. Innerlich war er ein hilfloses Kind, das durch einen furchterregenen Wald von Koboldbäumen irrt und, statt die Daumen zu halten, sich an einer brennenden Zigarette als Talisman hält.

4

Es mißfiel ihm, Virginia derart hintergehen zu müssen. Er wollte es ihr erzählen. Ein paar Mal war er kurz davor, doch dann beherrschte er sich immer wieder. Er wollte sie nicht damit belasten, zumal es eine so schemenhafte, gestaltlose Gefahr war. Sie hatte schon so viele Sorgen gehabt. Drei Jahre lang. Ein Blick über den Eßtisch ließ ihn noch immer die Spuren dessen erkennen, was sie durchgemacht hatte. Sie hatte traurige Augen. Auch lachte sie noch immer nicht so, wie sie vor seinem Verschwinden gelacht hatte. Etwas Derartiges konnte nicht spurlos an einem Menschen vorübergehen.

Also erzählte er ihr nichts. Sie sollte ihren Frieden genießen, solange es ging.

Dann traf ihn plötzlich wie ein lautloser Blitz, der das Silber und Geschirr um ihn herum hätte aufleuchten lassen müssen, die Erkenntnis einer erneuten Gefahr, die ihm bis jetzt aus einem unerfindlichen Grund entgangen war. Seine Adresse hier, sein Name und all die anderen hilfreichen Informationen über ihn standen dort, wo er gearbeitet hatte, in den Akten, waren der beiläufigsten Erkundigung zugänglich.

In all den unausgefüllten Stunden im Park war ihm dieser Gedanke niemals gekommen. Wie ein Strauß hatte er den Kopf in den Sand gesteckt, während der Wind mit seinen Schwanzfedern spielte.

Dabei war es doch der unvermeidliche nächste Schritt. Achatauge hatte das Gebäude gefunden, in dem er arbeitete. Das war heute. Morgen würde er das richtige Stockwerk finden, dann die richtige Tür in diesem Stockwerk. Und hatte er die erst einmal gefunden, konnte er ohne große Mühe in Erfahrung bringen, wo Townsend wohnte. Die Verfolgung würde plötzlich die Entfernung, die er dazwischen gelegt hatte, überspringen und ihn hier zu Hause heimsuchen. Und hier war kein leichter Rückzug möglich. Hier war Virginia, hier war er fest verwurzelt.

Er hatte das Unvermeidliche nur hinausgezögert, höchstens einen oder zwei Tage gewonnen.

Es mochte noch immer Zeit sein. Zeit, der Verbündete aller Verängstigten seit Anbeginn der Angst. Vielleicht konnte man sie dort überreden, seine Anschrift nicht preiszugeben, ihn zu schützen.

Er hätte alles darum gegeben, sich auf der Stelle mit ihnen in Verbindung setzen zu können, es hinter sich zu bringen. Er hätte sich dann wesentlich sicherer gefühlt, bevor er zu Bett ging und versuchte einzuschlafen. So hatte er das ungute

Gefühl, daß die Mühlen der Verfolgung noch immer mahlten, an irgendeinem unsichtbaren Ort, die ganze Nacht lang, während er sich in falscher Sicherheit wiegte. Er mußte bis zum Morgen warten, bevor er telefonieren konnte. Nach achtzehn Uhr war dort niemand mehr. Wenn er nur rechtzeitig daran gedacht hätte! Den ganzen Nachmittag hätte er die Gelegenheit dazu gehabt, als er im Park die Zeit totschlug.

Er ging auf und ab, als wolle er durch das Laufen die Nacht abnutzen wie einen Teppich. Doch vergingen die Viertelstunden des Abends nicht schneller, als wenn er auf einem Stuhl gesessen hätte, und er bemerkte, daß er durch seine Ruhelosigkeit lediglich erreichte, daß auch Virginia sich beunruhigte.

Doch es gab eine Hoffnung. Wenn er sie in der Nacht nicht erreichen konnte, um sich zu schützen, konnte auch seine Nemesis nachts keine Informationen von ihnen bekommen.

Als er am nächsten Morgen die Augen öffnete, war es dieser im Bewußtsein zuletzt festgehaltene Befehl, der ihn als erstes durchfuhr wie ein Lichtstrahl beim Öffnen eines dunklen Zimmers. »Ruf rasch an. Du mußt sie vor ihm erreichen!«

Er konnte kaum schnell genug seinen Kaffee hinunterschütten, den Hut nehmen und das Haus verlassen. »Aber du bist doch gar nicht spät dran«, versuchte ihn Virginia zu beruhigen. »Du bist heute sogar noch fünf oder zehn Minuten früher als sonst.«

Im Gehen rief er ihr eine Halbwahrheit zu. »Ich weiß, aber ich muß vorher noch einen Anruf erledigen!«

Er telefonierte unten an der Ecke. Ironischerweise war es das erste Mal noch zu früh. Es nahm niemand ab.

Er blieb zitternd neben dem Apparat stehen und trommelte mit den Fingern. Dann wählte er erneut, und diesmal meldete sich die vertraute Stimme des Mädchens in der Telefonzentrale.

Sie klang etwas steif, nicht weil es ihre Art war, sondern eher wegen ihrer Haltung, falls man sich so etwas überhaupt bildlich vorstellen kann. Als hätte sie noch nicht genug Zeit gehabt, ihren Hut abzusetzen, und lehnte sich von der Brüstung aus über das Schaltbrett, anstatt bequem davorzusitzen.

»Hallo, sind Sie's, Beverly? Hier spricht Frank Townsend.«

Sie verfiel in den einem Mitarbeiter vorbehaltenen, vertraulichen Tonfall. »Ach, hallo. Was war denn gestern mit Ihnen los, Frank? Mir ist aufgefallen, daß Sie gar nicht da waren. Sie sind doch hoffentlich nicht krank?«

»Ich komme nicht mehr zur Arbeit, Bev«, sagte er.

»Ach, das tut mir aber leid, Frank«, entgegnete sie bedauernd. »Wir werden Sie alle vermissen. Weiß es der Chef schon?«

»Ich werd' ihm schreiben«, improvisierte er.

»Na, dann alles Gute, Frank. Und wenn Sie mal hier in die Gegend kommen, schauen Sie doch bei uns rein. Sie wissen doch, daß Sie uns allen immer willkommen sind.«

»Hören Sie, Beverly«, sagte er, »ich möchte, daß Sie mir einen Gefallen tun.«

»Aber natürlich, Frank.«

»Geben Sie bitte unter gar keinen Umständen meine Adresse heraus. Das heißt, nur für den Fall, daß zufällig jemand danach fragen sollte. Ich will damit nicht sagen, daß jemand fragt...« Er warf das lediglich ein, damit es plausibler klang. »Aber gesetzt den Fall, es geschieht doch, dann wissen Sie nicht, wo ich wohne. Sie haben keine Unterlagen, verstehen Sie?«

Sie war nicht neugierig genug, um Fragen zu stellen. »Ich verstehe, Frank. Sie können sich auf mich verlassen. Ich sag's auch Gert. Wir sind sowieso die beiden einzigen, die wissen, in welcher Akte wir nachschaun müssen. Einen Moment bitte, ich mach' mir rasch eine Notiz, um ganz sicher zu gehn.« Er konnte an ihrer veränderten Stimme hören, daß sie beim Sprechen etwas notierte. »Künftig auf Anfrage Townsends Adresse nicht mehr herausgeben.«

Eine Sekunde land durchfuhr ihn ein eiskalter Schauer. Ihm

gefiel das *künftig* nicht. »Es hat doch nicht etwa schon jemand gefragt, oder?« fragte er und umklammerte den Hörer.

Sie war sich der Katastrophe, die in ihrer Antwort lag, in keiner Weise bewußt. »Doch, gestern nachmittag war jemand hier, kurz vor Feierabend, aber ich werd' dafür sorgen, daß von jetzt an ...«

Die Welt – und mit ihr die Telefonzelle – tauchten in Dunkelheit wie ein Zug, der durch einen Tunnel fährt. »Einen Moment«, sagte sie. »da kommt Gert. Sie war zu der Zeit gerade am Schaltbrett.« Eine Weile wurde neben dem Telefonhörer gemurmelt. Dann sprach Beverly wieder in die Muschel. »Er kam in allerletzter Minute. Wir waren schon kurz vorm Nachhausegehen, und Gert konnte die Unterlagen nicht gleich finden. Sie wissen doch, wie's hier um fünf Uhr zugeht. Also sagte sie sie aus dem Gedächtnis. Sie weiß nicht, ob sie auch wirklich stimmte.« Ein Silberstrahl durchdrang den bleiernen Sarg um ihn herum, sehr dünn, sehr zerbrechlich, doch er kämpfte sich durch. »Stellen Sie fest, ob sie sich noch erinnert, was sie gesagt hat.«

Am anderen Ende der Leitung konnte er im Hintergrund das nachdenkliche Schnalzen eines Kaugummis hören, als die unbeteiligte Gert mit dem Kopf in Hörweite kam. Mit einem Lachen fuhr sein Gegenüber fort: »Sie kann sich jetzt nicht mal mehr dran erinnern. Sie kennen doch Gert.«

»Dann schaun Sie doch bitte nach und fragen sie, ob es dieselbe ist, die sie herausgegeben hat.«

»Einen Moment bitte, das haben wir gleich«, sagte sie. »Sie muß hier irgendwo sein.« Gemessen an der langen Wartezeit gestaltete sich die Suche offenbar doch schwieriger.

Dann kam Beverly wieder an den Apparat. »Ich hab' sie, Frank. Hier ist sie. 28 Rutherford Street, North. Stimmt das?«

Seine alte Adresse. Das Haus, aus dem Virginia während seiner Abwesenheit ausgezogen war. Durch ein Versehen war sie nicht geändert worden, als er wieder zur Arbeit kam. Er war sicher. Er war außer Reichweite. Ein wunderbares Gefühl der Erleichterung durchströmte ihn.

Unterdessen drang ein eher freudiger als bedauernder Aufschrei an sein Ohr, als die beiden am anderen Ende die Aufzeichnungen verglichen. »Sie hat ihm eine völlig andere Adresse gegeben. Sie hat die von Tom Ewing mit Ihrer verwechselt, hat ihn den ganzen Weg bis nach ... geschickt. Der kriegt einen Tobsuchtsanfall, wenn er dort ankommt! Wer war das überhaupt?«

»Ich hab' nicht die geringste Ahnung«, antwortete Townsend absolut wahrheitsgetreu.

»Haben wir die richtige Anschrift notiert, Frank?« fuhr sie hilfsbereit fort. »Denn am Samstag schicken die Ihnen wahrscheinlich das Gehalt für eine halbe Woche, und das sollte doch auch bestimmt ankommen.«

»Ja«, sagte er entschlossen, »sie stimmt.« Er würde zu ihrer alten Wohnung fahren und es dort abholen. Mrs. Fromm würde es aufheben und ihm aushändigen.

Als er den Hörer auflegte, fühlte er sich erstmals seit Beginn seiner Flucht vor dem bedrohlichen Fremden befreit.

Ein offener Schnürsenkel hatte ihn das erste Mal gerettet, eine Packung Zigaretten das zweite Mal. Eine kaugummikauende hohlköpfige Telefonistin, die nicht schnell genug nach Hause kommen konnte, das dritte Mal.

Townsend ging wieder in den Park. Eine andere Bank, ein anderer Weg, doch das gleiche friedliche, sonnendurchflutete Panorama um ihn herum. Er brauchte nur auf die ferne Silhouette der geschlossenen Häuserfront zu sehen, deren Dächer an drei Seiten über die Baumwipfel lugten, und sein Gefühl der Unverletzlichkeit schrumpfte sogleich auf diese Grenze. Es reichte nur so weit wie die grüne Oase des Parks. Jenseits davon, irgendwo dort drüben, in den Spalten zwischen den Häusern, lauerte noch immer Gefahr.

Er nahm seinen Hut ab und schlug sich damit ungeduldig an die Unterschenkel, als würden ihn Mücken belästigen.

»Gefahr! Ich sag' andauernd Gefahr! Gefahr wovor? Wodurch? Was hab' ich je getan, um mich in Gefahr bringen zu können?«

Und natürlich kam sofort wieder die unvermeidliche Antwort. Das war der Haken an seiner ganzen Reaktion auf diese Situation: »Drei Jahre sind eine lange Zeit. In drei Jahren kann man vieles tun, was Gefahren nach sich ziehn kann.« Und er wußte, daß er sich auf sein Unterbewußtsein, seinen innersten Instinkt, nenne man es wie man wolle, in dieser Angelegenheit mehr verlassen konnte als auf alle Logik, die sein Intellekt aufbringen konnte. Das war nicht nur oberflächliche Angst. Da gab es etwas, vor dem man sich ducken, vor dem man zurückschrecken mußte.

Sein Bewußtsein konnte es nicht ausmachen. Nun, sein Bewußtsein hatte ja auch drei Jahre geschlafen. Sein Unterbewußtsein tat zwar sein Bestes, ihn zu warnen, doch das Fatale an der Sache war, daß es sich nicht artikulieren konnte, es nicht als Gedanken formulieren, ihm nicht sagen konnte, was es war.

Ja, dachte er niedergedrückt, irgendwo in dieser Stadt, jenseits der Grenzen dieses Parks, gibt es einen Mann, dessen Gedanken nur um mich kreisen, der nach mir sucht, in jeder Straße und an jeder Ecke, Minute um Minute, Stunde um Stunde. Und früher oder später wird er mich finden, da ich mehr oder weniger an einem Ort fixiert bin und er ständig in Bewegung ist.

Warum gehe ich dann nicht in eine andere Stadt? Warum ziehe ich nur von einer Wohnung in die andere und bleibe die ganze Zeit über in der gleichen Gefahrenzone? Warum begebe ich mich nicht völlig aus ihr heraus?

Das konnten Virginia und er nicht. Alle Gründe, warum Leute in ihrem Alter dies nicht tun, spielten da mit hinein. Sie hatten nicht viel Geld auf der hohen Kante, nicht genug für ein solches Unterfangen.

Und selbst wenn es geklappt hätte, böte das keine Sicherheit, nur einen Aufschub. *Es* wäre ständig gegenwärtig, lauerte, bis

Es zuschlagen konnte. *Es* würde ihm immer den Weg hierher zurück versperren. Eines Tages schließlich würde *Es* ihn vielleicht sogar von hier aus aufspüren, ihn bis in die neue Stadt verfolgen.

Das einzige, was er tun konnte, war, die Sache an Ort und Stelle in den Griff zu bekommen. Und wie bekommt man etwas in den Griff, wenn man nicht einmal weiß, was es ist? Der Kreis seiner grüblerischen Gedanken hatte sich geschlossen. Er war wieder dort angelangt, wo er begonnen hatte.

Als er am darauffolgenden Samstag zu seiner alten Wohnung ging, um dort seine Gehaltszahlung abzuholen, fiel ihm auf, daß sie noch immer nicht vermietet war. In jenen Räumen, in denen er und Virginia gemeinsam so viel Zeit verbracht hatten, mußten noch immer die Geister jener einstigen fröhlicheren Tage umgehen.

Er klingelte bei Mrs. Fromm und wartete an der Tür. Jemand anderes schaute fragend zu ihm hinaus. Eine andere Frau. »Haben Sie geläutet?« fragte sie.

»Ja, aber ich möchte zu Mrs. Fromm. Ist sie nicht da?«

»Sie arbeitet nicht mehr hier.«

Townsend war nicht sofort klar, was das für ihn bedeutete, doch dann erkannte er es klar und deutlich. Es hieß, er war, ohne ein einziges Wort sagen oder auch nur einen Finger rühren zu müssen, in dieser Beziehung sicher, unverwundbar. Wer diese neue Frau auch sein mochte, sie kannte seine jetzige Adresse nicht. Sie konnte sie, selbst wenn sie es wollte, niemandem weitersagen.

Seine Erleichterung war grenzenlos. Bei seiner Flucht ging es jetzt nicht mehr um Haaresbreite, er war abgeschnitten, endgültig außer Reichweite. Von unglücklichen Zufällen natürlich abgesehen.

Mit der Gehaltszahlung in der Tasche hatte sein Nachhauseweg nun etwas Beschwingtes, das seinem Leben gefehlt hatte, seitdem sich die düsteren Nebel auf ihn herabgesenkt hatten.

Die Angst war verschwunden. Er hatte sein Selbstvertrauen wiedererlangt. Er ertappte sich sogar dabei, wie er leise vor sich hinsummte. Das Summen ging in ein ausgelassenes Pfeifen über. Seit der großen Leere hatte er nicht mehr gepfiffen. Er kannte nicht einmal eine der neuen Melodien. Er mußte eine alte pfeifen. Es spielte keine Rolle, es war gut so.

Ein Mann in einem grauen Anzug, den grauen Hut schräg über den Augen, ging an ihm vorbei, streifte ihn fast, und Townsend war es nicht einmal in den Sinn gekommen, sich in acht zu nehmen. Er streckte die Brust heraus, straffte die Schultern, fing wieder an zu pfeifen und ging weiter.

Als er am Schaufenster einer kleinen Konditorei vorbeikam, erblickte er eine Platte mit Windbeuteln. Virginia hatte schon immer eine Schwäche dafür gehabt. Er war so guten Mutes, daß er hineinging und zwei davon für sie kaufte. Man muß sich schon wohlfühlen, um so etwas wie Windbeutel zu kaufen. Sie passen gut zu Sorglosigkeit.

Vielleicht war jetzt alles überstanden. Vielleicht hatte er sich endlich von der Verfolgung der Schatten befreit, war außerhalb ihrer Reichweite. Vielleicht war er von jetzt an auch am hellichten Tage ein für allemal sicher.

Von unglücklichen Zufällen natürlich abgesehen.

5

Es erforderte eine gehörige Portion Geschick, vor Virginia zu verbergen, daß er seine Arbeit aufgegeben hatte. Da er nicht den vollen Wochenlohn bekommen hatte, füllte er den fehlenden Betrag mit seinen spärlichen Ersparnissen auf.

Ein zweites Mal ging das natürlich nicht, denn er hatte nicht genug Geld, um den ganzen Betrag zu ersetzen. Doch am Montag würde er sich nach einer neuen Arbeit umsehen, und bis nächstes Wochenende hatte er dann vielleicht wieder eine richtige Lohnzahlung.

Er suchte am Montag, er suchte am Dienstag, am Mittwoch, am Donnerstag, am Freitag. Dabei ging er für einen Bewerber recht ungewöhnlich vor. Es ging ihm weder um die Höhe des Gehalts noch um eine Beschäftigung, die seiner früheren Tätigkeit angemessen war. Ausschlaggebend war vielmehr das Wo: er ließ Angebote innerhalb der Gefahrenzone außer acht, die zu nahe bei seinem früheren Arbeitsplatz lagen und mit den gleichen Verkehrsmitteln zu erreichen waren. Er ging nur Angeboten nach, die weit genug in entgegengesetzter Richtung lagen, selbst wenn dies bedeutete, daß er in schmutzige Industriegebiete fahren mußte.

Bald stellte er fest, daß er sich in einem Teufelskreis bewegte. Er brauchte Referenzen, war aber nicht bereit, seinen letzten Arbeitsplatz anzugeben, um zu verhindern, daß man ihn an seinem neuen aufspüren konnte.

Er hätte Referenzen bekommen können, wagte es jedoch nicht, darum zu bitten.

Einige Angebote, die er hätte haben können, schlüpften ihm durch die Finger, weil ihm die Zeugnisse fehlten. Als das Wochenende bevorstand, sah er keine andere Möglichkeit mehr, als Virginia reinen Wein einzuschenken, ihr die Sorgen aufzubürden, die er ihr die ganze Zeit hatte ersparen wollen.

Als er am Samstag, seinem vermeintlichen Zahltag, nach Hause kam, bereit, ihr alles zu erzählen, konnte er ihr sofort ansehen, daß sie etwas bedrückte. »Frank, ist deine Lohnzahlung heute gekommen? War sie im Briefkasten, als du fort bist?« überfiel sie ihn gleich, bevor er überhaupt zu Worte kam.

»Nein . . .«

»Dann ist sie in der Post verlorengegangen. Irgendwas muß damit passiert sein«, fuhr sie hektisch fort. »An unsere alte Adresse ist sie auch nicht geschickt worden. Ich war gerade dort, um nachzusehen . . ..«

Jeder einzelne Muskel seines Körpers spannte sich. »Du warst dort?«

»Erst heut morgen ist mir zufällig der Umschlag von letzter Woche in die Hände gefallen. Ich hab' ihn hinten in der Schreibtischschublade gefunden, und als ich ihn gerade fortwerfen wollte, sah ich riesengroß unsre alte Adresse draufstehen. Du hast mir nicht erzählt, daß du ihn dort abholen mußtest. Also bin ich hingegangen, um dafür zu sorgen, daß sie ihn hier an uns weiterleiten, falls er noch mal aus Versehen dorthin geschickt wird ....« Als sie seinen Gesichtsausdruck sah, hielt sie inne.

»Du hast dieser Frau, der neuen Hausmeisterin dort, unsere Adresse gegeben?«

»Ja, warum? Ich hab' ihr Namen und Adresse auf ein Stück Papier geschrieben, damit sie sich beides auch bestimmt einprägt.«

Von unglücklichen Zufällen natürlich abgesehen, sinnierte er, von unglücklichen Zufällen natürlich abgesehen.

6

Er konnte nicht schlafen. Zwar war er, kaum hatte er sich hingelegt, sofort eingedöst, doch es war nur ein Halbschlaf, in dem ihn ein Traum quälte. Ein besonders aufreibender Traum, obwohl nichts verzerrt war, und auch keine traumatischen Koboldgestalten darin vorkamen. Es tauchten überhaupt keine vollständigen Personen darin auf. Eigentlich waren da nur ein Paar Füße und ein Stück Pflaster, gerade groß genug, daß sie darauf Platz hatten.

Sie bewegten sich auf ihn zu, auf das Auge des Träumenden zu, und das Pflaster, auf dem sie gingen, glitt wie ein Laufband in entgegengesetzter Richtung unter ihnen fort. Es war, als flüchte der Träumende rückwärts, fort von den Füßen, doch sie folgten ihm. Gnadenlos.

Die Füße kamen unentwegt auf ihn zu, immer näher, die Zehen direkt auf ihn gerichtet.

Es lag mehr gestaltloser Schrecken, mehr geballtes Entsetzen in diesem schlichten, nicht verzerrten Paar Füße mit den schwarzen Schuhen (die niemals rannten, sondern immer mit derselben gleichmäßigen, unerbittlichen Beharrlichkeit vorwärtsgingen) als in allen Menschenfressern, Ungeheuern, Plagegeistern und verhüllten Formen von Traumplasma zusammen. Das Bedrohliche war ihre stille Unerbittlichkeit. Sie waren so lebensnah, so natürlich wie der schmale Streifen Straßenpflaster, der sich unter ihnen bewegte. Sie steckten in schweren, schwarzen Schnürschuhen. Bereits Dicke und Form vermittelten stampfende Bedrohung. Townsend konnte sogar sehen, wie sich das Licht in ihren Vorderkappen spiegelte, wenn sie sich, regelmäßig wie Kolben, hoben und senkten, hoben und senkten. Er konnte sogar das leichte, sanfte Knirschen des sich dehnenden Leders hören – nicht so scharf wie ein Quietschen – das sie jedesmal dabei erzeugten, das gedämpfte Pochen ihres unablässigen Pflastertretens, den Rhythmus des Schrittes: Tap-Tap, Tap-Tap-Tap. Man kann das Geräusch in der Nacht hören, wenn die Straßen leer sind und jemand aus der Ferne auf einen zukommt.

Über den Schuhen hingen Hosenbeine in einer unauffälligen neutralen Farbe – grau vielleicht. Sie waren naturalistisch vergrößert (nicht in den Dimensionen, sondern im Detail), wie durch das Vergrößerungsglas, das der ganze Traum ja darstellte. Die Hosenaufschläge, ihr leichtes Heben und Senken über den Schuhen bei jedem Einknicken der unsichtbaren Knie, ja sogar ihre Wollstruktur.

Doch es waren die Schuhe, die alle Aufmerksamkeit auf sich zogen. Sie zögerten nie, gingen unbeirrt weiter, machten nie einen falschen Schritt. Es war, als wüßten sie, daß sie sich nicht zu beeilen brauchten, da ihnen nichts und niemand entkommen konnte, diesen unermüdlichen, diesen beharrlichen Füßen.

Und langsam, fast unmerklich, holten sie das Auge des zurückweichenden Träumenden ein, kamen näher, wurden immer größer. Es gab kein Entrinnen. Es war unmöglich, auszuweichen und sie vorübergehen zu lassen. Der Traum folgte einem festgelegten Weg. Die Füße bewegten sich immer mit dem Betrachter, als würden beide in dieselbe Richtung gesteuert. Der Spalt, der sich ständig zwischen Sohle und Pflaster öffnete und schloß, war nun wie ein hungriger, gieriger Rachen, der den zurückweichenden, starr festgelegten Träumenden in die Enge zu treiben, zu zermalmen und zu zerstampfen drohte.

Das Bild zerbarst in dem Augenblick in gleißendes Licht, als die Füße es schließlich schafften, Townsend zu überholen. Er erwachte aus dem Traum.

Als sich sein seelisches Gleichgewicht langsam wiederherstellte und er allmählich begriff, wurde ihm klar, woher diese bedrohliche Vision gekommen war. Es waren die Füße auf dem Schuhputzpodest. Das Bild mußte sich seit jenem Tag tief in sein Unterbewußtsein eingegraben und heute nacht seinen Weg an die Oberfläche gebahnt haben. Er hatte gehört, daß so etwas oft passiert. Man träumt von Dingen, die einen beeindruckt haben, nicht unmittelbar danach, sondern Tage, manchmal sogar Wochen später. Und was die erbarmungslose Verfolgung durch diese Füße anbelangte, so war das Omen eher in der Wirklichkeit als im Traum zu suchen. War es nicht das, was sie getan hatten?

Oder bestand das Omen darin, daß sie jetzt in diesem Augenblick irgendwo da draußen auf den umliegenden Straßen waren, durch die Nacht gingen, auf ihn zukamen, genau in diesem Moment mit jedem Schritt näher kamen, während er hilflos im Bett lag?

Er hielt ein Streichholz an eine seiner obligatorischen nächtlichen Zigaretten, und einen Augenblick lang nahm Virginias Gesicht, drüben im anderen Bett, die Konturen eines hellen, goldenen Ovals an und verblaßte dann wieder. Ihr sanftes, regelmäßiges Atmen drang durch die Stille zu ihm. Gottlob kann wenigstens einer von uns beiden schlafen und Ruhe finden, dachte er zerknirscht. Sie hatte drei Jahre lang schlaflose Nächte gehabt, während er ... wo hatte er geschlafen, wie hatte er geschlafen, welche Träume hatten ihn in dieser Zeit gequält? Jetzt war er an der Reihe. Sie hatte ihre Ruhe verdient.

Ein hämisch heller, nicht sonderlich freundlicher Stern blickte vom nächtlichen Himmel durchs Fenster auf ihn.

Townsend drückte seine Zigarette aus, legte sich hin und drehte sich auf die Seite. Er konnte nicht wieder einschlafen. Dieser Traum hatte ihn erledigt. Er wälzte sich gewiß ein paar hundert Mal hin und her, konnte jedoch keine Ruhe finden.

Bald hatte er wieder Lust zu rauchen und das Bedürfnis umherzugehen. Er setzte sich auf und schlüpfte in seine Pantoffeln. Einen Bademantel besaß er nicht, also zog er statt dessen seine Hose an und tastete sich im Dunkeln zur Tür. Es gelang ihm, sie geräuschlos zu öffnen und auch wieder zu schließen.

Im anderen Zimmer machte er etwas Licht, um im Dunkeln an nichts zu stoßen und Virginia nicht aufzuwecken, und begann, auf- und abzugehen.

Wie lange soll das eigentlich noch so weitergehen? fragte er sich. Was werd' ich dagegen unternehmen? Früher oder später muß ich was dagegen tun. Ich kann nicht nur ...

Er blieb am Fenster stehen und schaute hinaus.

Plötzlich fiel ihm die Zigarette aus dem Mund.

Er machte einen Satz zur Wand und löschte das Licht. Dann schlich er sich vorsichtig an der Wand entlang zum Fenster zurück, bis er hinaussehen konnte – nach dem, was er beim ersten Mal zu sehen glaubte.

Dort schien ein Mann zu stehen, direkt gegenüber, und wie ein Landvermesser genau das Fenster anzupeilen. Er stand im schwarzen Schlick eines Schattens, der eine Mauernische ausfüllte wie hineingeblasener Sand. Es hätte ebensogut eine optische Täuschung sein können, die dem Schatten den runden Umriß einer Schulter und weiter unten einer Hüfte verlieh.

Während Townsend noch unschlüssig hinausspähte, hatte eine kaum merkliche Bewegung die Umrisse verändert. Die runden Schulterbögen und die Hüfte zogen sich langsam nach innen, verschwanden im Herzen der Schattenmasse, ließen eine messerscharfe dunkle Kontur zurück, die eigentlich von Anfang an dort hätte sein sollen, es aber nicht war.

So entlarvte sich das, was seine Aufmerksamkeit geweckt hatte, gerade durch sein Verschwinden als Realität. Könnte man es noch immer sehen, wäre es Illusion gewesen.

Er mußte hier heraus. Auf dem schnellsten Wege. Jetzt war auch sein letztes Versteck aufgespürt worden. Es war soweit. *Es* war hier. In 15 Minuten, in einer halben Stunde. *Es* war hinter ihm her.

Auf Zehenspitzen ging er auf den Flur und horchte an der Wohnungstür. Irgendwo da draußen hörte er ein leises Murmeln, als ob sich dort im Hausflur ein verliebter Bursche herumtriebe, der ausgiebig Abschied von seinem Mädchen nahm. Doch Townsend wußte, daß es kein Liebhaber war. Das war kein Liebesgeflüster da draußen, das waren Gewalt und Haß und höchstwahrscheinlich Tod. ER hatte andere bei sich. Sie hatten sich überall verteilt, machten sich bereit, warteten nur darauf, hereinzustürmen. Jeden Moment konnte es so weit sein.

Townsend wirbelte herum und schaute auf die friedliche Schlafzimmertür, hinter der alles lag, was er auf dieser Welt liebte. »Ich muß sie hier rausbringen«, dachte er halb wahnsinnig vor Angst. »Ich will sie da nicht mit reinziehen. Ich will nicht, daß es vor ihren Augen passiert, was es auch ist.«

Er ging in das dunkle Schlafzimmer, beugte sich über sie und ertastete ihre Schulter mit dem Nachthemdträger. Er drückte sie sanft, um sie nicht zu sehr zu erschrecken. Dann schüttelte er sie etwas eindringlicher, bis sie vollkommen wach war.

»Virginia, kannst du mich hören? Hab keine Angst.«

Sie setzte sich auf. Der zarte Duft ihres Haares umgab ihn.

»Du mußt hier fort. Du mußt sofort mit mir mitkommen. Nein, mach kein Licht an, sie können vielleicht durch das hintere Zimmer hereinsehn.«

Sie stand mittlerweile neben ihm, ein seidener Schatten.

»Sie? Wer?«

»Nimm nur deinen Mantel. Hier, ich hab' ihn für dich geholt. Schlüpf rasch in ein Paar Schuhe, so wie du bist. Wir haben keine Zeit.«

»Nein«, jammerte sie kläglich, »du machst mir Angst.«

Sein Mund suchte ihre Lippen, um ihr Mut zu machen. »Liebst du mich?«

»Wie kannst du das fragen?« Ihre Stimme war ein verängstigtes Flüstern.

»Hast du dann auch genug Vertrauen, um mir einfach blind zu folgen, ohne Fragen zu stellen? Ich kenne die Antworten selbst nicht. Ich weiß nur, daß ich das Richtige tue. Fertig? Dann komm!«

Er ging zurück zur Wohnungstür, sie folgte ihm mit zerzaustem Haar, das Gesicht inmitten ihres Rotfuchskragens noch immer verschlafen.

Draußen schwoll die Stille an wie ein Ballon, der kurz vorm Platzen ist.

»Ich glaub', hier schaffen wir's nicht...« flüsterte er.

Dann durchfuhr es beide, als wäre direkt unter ihrer Nase eine Salve Platzpatronen abgefeuert worden. Es war etwas Schweres, härter als Fäuste. Die Tür schien unter seiner Wucht zu zerbersten. Die Glühbirnen an der Decke zitterten. Das Keramikgefäß auf dem Tisch tönte von der Vibration, die sich über den Fußboden und die Tischbeine zu ihm fortpflanzte. Es war ein Erdbeben, verursacht durch den Versuch, gewaltsam einzudringen. Es war Gewalt in ihrer rabiatesten Form. Es war die Nacht, die draußen an ihrer Schwelle tollwütig geworden war. Es war die Katastrophe. Es war das Ende.

Zu spät jetzt. Virginia mußte nun all das miterleben, Dinge sehen, die den Menschen, die man liebt, besser erspart blieben.

Voller Entsetzen drängte sie sich an ihn. Wortlos rang sie nach Atem wie bei einem Asthmaanfall. »Wer...? Wer ist das?«

»Genau davor wollte ich dich bewahren«, antwortete er bitter.

Gewalt flammte jetzt auch in ihm selbst auf, entfacht durch die Gewalt an der Tür. Townsend nahm einen Holzstuhl und schwang ihn angriffslustig an einem Bein durch die Luft. Sein Gesicht war eine rohe Grimasse der Wut.

»Dir sowas anzutun! Denen werd' ich's schon zeigen!« Sie faßte ihn am Arm und zog den Stuhl hinunter. »Nein, Frank, tu's nicht, mir zuliebe, Frank!« Und als er in ihr angstverzerrtes, tränenüberströmtes Gesicht blickte, sah er, daß sein Wüten ihr mehr Furcht einflößte als die Gewalt vor der Tür.

Der Anblick ihrer Angst brachte ihn zur Besinnung. Virginia in Sicherheit zu bringen, sollte seine einzige Sorge sein. Zum Teufel mit allem anderen.

Den Arm schützend um ihre Schulter gelegt, zog er sie von der Tür fort. Wie ein Paar halbumschlungener Tänzer irrten sie umher, suchten hier und dort einen Ausweg und fanden keinen. Sie gingen drei Schritte auf die hoffnungslos blockierten Fenster an der Vorderseite zu und wichen wieder zurück, drei Schritte zum Schlafzimmerfenster, das zum Hinterhof führte, schreckten jedoch zurück, als das verräterische Knirschen von Schuhen auf Zement zu hören war, noch verstärkt durch den Widerhall der den Hof umgebenden Mauern. »Es muß einen Weg geben. Es muß einfach...!« Sein Gesicht verzog sich fast zu einem Weinen, doch er weinte nicht.

Drei Schritte in Richtung Küche – und dann ging er nach kurzem Zögern weiter, als ihm endlich der rettende Gedanke kam. Er riß eine hohe, schmale Tür auf, die aussah wie eine Schranktür, und holte den Speiseaufzug herauf. »Hast du nicht mal gesagt, daß wir den Keller mit dem Nachbarhaus teilen? Vielleicht kann ich dich durch das andere Haus hoch und nach draußen bringen.«

Sie rang in einer Gebärde inständiger Hoffnung stumm die Hände, so wie man sich in der Nähe eines tosenden Wasserfalls verständigt.

Townsend zerrte das Brett in der Mitte heraus. Es war nicht befestigt, sondern lediglich über zwei Streben geklemmt. »Probier mal, ob du dich reinzwängen kannst. Ich halte die Seile, damit du nicht zu schnell runtersaust.«

Sie kroch rückwärts hinein und kauerte sich hin, den Kopf gegen die niedrige Decke gedrückt. Er schlang sich das Steuerseil halb um die Hand, damit Virginias Gewicht den Aufzug nicht zu schnell nach unten zog. Sie schaukelte hin und her, wirkte in ihrem Pelzmantel grotesk.

»Frank, du kommst doch nach? Du bleibst doch nicht etwa zurück?«

»Ich komm', sobald du ausgestiegen bist. Wart dort unten auf mich.« Er fragte sich, ob für eine zweite Fahrt noch genug Zeit blieb. Dort am Ende des Flurs flogen bereits die Holzsplitter aus der Tür, und die Nägel brachen aus den Scharnieren. Sie mußten mit Äxten darauf einschlagen.

»Streck den Kopf nicht raus, Liebling, damit er nicht an die Schachtwand stößt.«

Die Seilzüge begannen zu surren, und das Seil rann ihm brennend heiß durch die Hände, als er es langsam nachließ. Virginias Gesicht verschwand wie in der grotesken Parodie einer Beerdigung bei lebendigem Leibe. Gottlob war die Entfernung nur kurz. Die Fracht setzte, so sanft er es von oben steuern konnte, unten auf. Townsend beugte sich, halb wahnsinnig vor Angst, daß sie dort unten vielleicht nicht herauskommen konnte, über die Öffnung. Licht war keines zu sehen, doch ein lockeres Schwingen verriet ihm, daß sie es geschafft hatte. Er holte den stummen Diener rasch wieder herauf, kroch unbeholfen rückwärts hinein und hielt sich dabei noch immer am Steuerseil fest. Er fuhr ruckartig hinunter, wie ein Senkblei. Das Krachen der Tür oben, die unter den Schlägen der Eindringlinge vollends nachgab, fiel mit seinem Aufprall zusammen und übertönte so das Geräusch. Er landete mit solcher Wucht, daß seine Zähne aufeinanderschlugen und er sich das Hüftbein prellte.

Virginia stand unten und hielt ihm die Schachtöffnung auf. Er taumelte auf allen Vieren auf den Kellerboden, der etwa einen Meter tiefer lag als der Speiseaufzug.

Er zündete Streichhölzer an, um Virginia durch den dunklen Keller zu lotsen. Er stieß mit dem Fuß an einen ausrangierten Kinderwagen, der jedoch wegrollte, so daß Townsend nicht darüberstolperte. Wenig später glitt eine kleine Lawine von Kohlenstücken, die in einer Ecke aufgetürmt waren, herab und traf ihn schmerzhaft an den Zehen.

Über ihren Köpfen konnten sie mit einem gespenstischen Gefühl von Unwirklichkeit laufende Füße hören, die über die dünne Decke trampelten und auf der Suche nach ihnen von Zimmer zu Zimmer stürzten. Gemessen an dem Lärm, mußten es mindestens ein halbes Dutzend sein.

»Sie wissen gleich Bescheid«, murmelte er verbittert. »Dein Bett war noch warm. Sie kommen jeden Augenblick hier runter. Schnell, Liebling, schnell!«

»Was hat das zu bedeuten Frank, sag doch!« jammerte sie, noch immer völlig verstört.

Sie erreichten die feuerfeste, eisenbeschlagene Tür, die hinauf in das andere Gebäude führte und nur durch einen Riegel gesichert war. Doch glücklicherweise auf ihrer Seite. Townsend bekam sie auf. Sie sahen eine gemauerte, um die Ecke führende Treppe vor sich. Irgendwo über ihnen brannte eine Nachtbeleuchtung. Er voran, trotteten sie erschöpft nach oben. Die Hausmeisterwohnung lag drüben im anderen Gebäude, in dem sie wohnten, und damit war eine zusätzliche Gefahr gebannt. Aus Ersparnisgründen hatten beide Häuser einen gemeinsamen Heißwasserbereiter, einen gemeinsamen Heizkessel, einen gemeinsamen Keller. Dem Geiz oder den begrenzten Mitteln eines unbekannten Bauunternehmers verdankten sie ihre Chance zu entkommen.

Am oberen Ende der Treppe befand sich noch eine Tür. Townsend öffnete sie vorsichtig und horchte angestrengt, ob draußen im Flur oder oben im Treppenhaus etwas zu hören war. Stille. Die Hetzjagd war noch nicht bis zu diesem Gebäude vorgedrungen. Wie zwei Gespenster kamen sie heraus, Hand in Hand – ein Mann und eine verängstigte, barfüßige junge Frau in einem Mantel mit einem Fuchskragen.

Unmittelbar neben dem Hauseingang brannte das schwache Licht einer Wandlampe. Townsend löste seine Hand, ließ Virginia an Ort und Stelle stehen, schlich sich an der Wand entlang darauf zu, schob zwei Finger unter den Drahtschutz und drehte so lange an der Birne, bis der Strom unterbrochen war und beide wieder der Schutz der Dunkelheit umhüllte. Dagegen zeichnete sich die Straße jetzt deutlicher ab. Er bedeutete Virginia, zu ihm zu kommen, und irgendwie mußte sie die Silhouette seines in Richtung Straße winkenden Armes gesehen haben, denn sie kam.

»Du gehst zuerst. Allein hast du eine bessere Chance als mit mir zusammen. Sie wissen nicht, wie du aussiehst. Schau dich nicht nach unserer Wohnung um, und sieh auch hier drin nicht zurück. Geh einfach auf die Ecke zu und kümmre dich um nichts anderes.«

Sie machte im Schutz seines vorgehaltenen Armes einen ersten Schritt durch die gläserne Doppeltür. Er reckte den Hals, doch schien im Augenblick bis zu ihrer eigenen Haustür kein Mensch auf der Straße zu sein. Er konnte nicht das geringste Anzeichen irgendeiner Aktivität erkennen, weder einer feindlichen, noch einer friedlichen. Er drängte sie sanft vorwärts wie ein Kind, das man lehrt, ohne Hilfe zu laufen.

»Geh weiter, Liebling. Geh weiter, wie ich dir's gesagt hab'. Schnell, es kann jeden Augenblick zu spät sein ...«

Sie gehorchte mit einem traurigen Seufzer. Dann stand Townsend alleine da, und sie ging los. Dabei klickten ihre Schuhe leise auf dem Asphalt. Es war jene leichte, nervöse Eile, die ehrbare Frauen ihrem Schritt immer dann verleihen, wenn sie spät nachts ohne Begleitung auf der Straße gehen müssen – mehr nicht.

Er wartete möglichst lange, denn allein war sie wesentlich

sicherer, als wenn jemand bemerkte, daß er ihr folgte. Sie mußte nun die Hälfte bis zur Straßenecke geschafft haben. Niemand eilte ihr nach, um sie anzuhalten und auszufragen. Kein frohlockender Ruf ließ erkennen, daß sie entdeckt worden war.

Doch er konnte nicht länger dort stehen bleiben. Jeden Moment mußten die Verfolger ihren Fluchtweg entdecken. Es war unglaublich, daß sie nicht schon längst darauf gestoßen waren, denn es war der einzige Weg aus der Wohnung, der noch in Frage kam.

Entschlossen holte er Luft und schob sich vorsichtig durch die Tür ins Freie. Bevor er sich umdrehte, konnte er einen Augenblick lang deutlich die hellen Rechtecke sehen, die die erleuchteten Fenster seiner Wohnung auf den Gehweg warfen. Dann blickte er in die Richtung, in die Virginia gegangen war, und machte sich dorthin auf den Weg. Aus Angst, eingeholt zu werden, hielt er das Rückgrat unnatürlich steif, und ständig mußte er gegen den Impuls seiner Halsmuskeln ankämpfen, sich umzudrehen. Doch die Straße war sehr dunkel, so daß er bereits nach ein paar kurzen Schritten aus der Entfernung nicht mehr zu erkennen war. Die einzige Laterne zwischen ihm und der Straßenecke stand auf der anderen Straßenseite. Sie ließ ihm jenseits ihres Scheins einen schmalen, düsteren Pfad.

Kurz bevor er um die Ecke bog, schaute er sich doch noch einmal um. Er konnte nicht anders. Das da hinten war ihr Zuhause gewesen, der Ort, über den man so plötzlich hergefallen war, den man gestürmt hatte. Selbst aus dieser Entfernung konnte er, wie blasse Narben, die erleuchteten Fenster an der Vorderfront sehen. Selbst jetzt waren sie fast die einzigen, in denen zu dieser Stunde Licht brannte, obwohl sich hier und da auch einige andere in der unmittelbaren Nachbarschaft, geweckt durch den Lärm, erhellten.

Er bog um die Ecke, und die Gegenwart wurde zur Vergangenheit und die Vergangenheit zur Gegenwart.

Virginia hatte sich kurz hinter der Ecke in ein fahrerloses

Taxi gesetzt und wartete dort auf ihn. Ein erleuchtetes Rechteck in der Nähe wies eine Imbißstube aus, die die ganze Nacht geöffnet war. Er kam von der Fahrerseite darauf zu, achtete darauf, daß es sich zwischen ihm und der Imbißstube befand. Virginia wollte, daß er zu ihr einstieg. Sie hatte ihm bereits die Tür geöffnet, doch er schloß sie von außen wieder.

»Nein, Virginia, ich komme nicht mit. Du mußt zu deiner Mutter fahren, Liebling, raus aus der Stadt. Du bleibst dort, bis du von mir hörst, damit ich immer weiß, wo ich dich finden kann. Was auch mit mir geschieht, ich weiß dann wenigstens, daß du in Sicherheit bist. Sie bringen dich nicht in Verbindung mit dieser Wohnung da hinten. Du bist Mrs. Virginia Townsend, deren Mann vor drei Jahren verschwunden ist. Du hast seitdem nichts mehr von ihm gehört. Versuch nicht, mich zu erreichen oder irgendwie mit mir in Verbindung zu treten. Es ist zu deinem eigenen Schutz. Irgendwann werd' ich dich wiedersehn. Und was du auch hörst, was auch hinter all dem stekken mag – gib mir eine faire Chance, wie du's bisher immer getan hast.«

Mit beiden Händen umklammerte sie sein Handgelenk. »Nein! Laß mich bei dir bleiben, Frank. Ich hab' keine Angst, ich bin kein Feigling! Ich bin doch deine Frau! Wozu haben wir geheiratet?«

Mit sanfter Gewalt löste er ihre Hände. »Liebling, wenn jemand in die Gosse oder Senkgrube fällt, dann zieht er nicht die mit sich, die er am meisten liebt. Leb wohl, und wenn du mich liebst, dann machst du alles genau so, wie ich's dir gesagt hab'.«

Ihre Lippen trafen sich heiß und leidenschaftlich durch das offene Taxifenster. Eine Träne löste sich von Virginias Wimper und rann über seine Wange. Mit äußerster Überwindung zog er den Kopf zurück. »Ich geh' in diese Richtung. Wenn du mich nicht mehr siehst, dann hupe nach dem Fahrer. Leb wohl, mein Liebling.«

Er tauchte in der Anonymität der Nacht unter, doch ein Teil

von ihm blieb zurück. Ein paar Minuten später hörte er hinter sich ein paar Mal das ungeduldige Quäken einer Taxihupe. Ein Geräusch, das man hundert Mal am Tag hört, ohne auch nur einen Gedanken daran zu verschwenden. Nie hätte er geglaubt, daß ihm eine Taxihupe je einen solchen Stich durch die Brust versetzen könnte.

Er schaute zurück, und ein schwindendes rotes Rücklicht war alles, was von seiner Ehe geblieben war.

Erst jetzt, da er sie verloren hatte, war er sich richtig bewußt, mit welcher Leidenschaft er sie liebte. Als er sich ein zweites Mal umsah, war selbst das Rücklicht verschwunden. Jetzt gab es nur noch ihn, die Nacht und die Vergangenheit.

Er ging unaufhaltsam weiter, ließ die Kreuzungen hinter sich wie die Schwellen von Gleisen, bis ihm schon die Entfernung eine gewisse Unverletzlichkeit zusicherte, wenn auch nur für eine Weile. Einmal holte er eine Zigarette aus der Tasche und steckte sie in den Mund, ohne dabei sein Tempo zu verringern. Als er dann jedoch sah, was vor ihm war, warf er sie unangezündet zu Boden.

Der Polizist kam langsam auf ihn zu und sah alle Passanten prüfend an. Jetzt nur nicht unsicher werden oder unwillkürlich zusammenzucken, wenn sie aneinander vorbeigingen, er und dieser Streifenbeamte. Da kam er, da war er schon.

Ihre Blicke trafen sich. »Ziemlich kühl, was?« hörte er sich zu seiner Überraschung sagen.

»Ja, weiß Gott«, hörte er die Stimme des anderen, bereits hinter sich.

Sein Schritt entfernte sich. Doch ein Verdacht war wie das unangezündete Streichholz nicht entflammt. Ein einziger Funke, wie ein Schnellerwerden oder ein Zurückblicken, und schon ...

Während er weiter durch die Nacht schritt, sie durchlief, sie zerschliß, bis das Grau langsam durchzuscheinen begann, nahm der Plan für sein weiteres Vorgehen langsam feste, unveränderliche Gestalt an. Da die Gegenwart ihm keine

Sicherheit bot, mußte er in die Vergangenheit zurück, um die Gründe dafür aufzudecken. Zurück in die Vergangenheit, die ihm das angetan hatte, um sie zu zwingen, ihn freizugeben oder um sich von ihr verschlingen zu lassen. Zurück in die Vergangenheit, wenn er sie finden konnte.

Bis jetzt war da nur ein ganz schmaler Spalt wie die Geheimtür zu einem verwunschenen Garten in einem Kindermärchen. In diese Vergangenheit führte nur eine einzige Straße: Tillary Street. Doch wenn es ihm gelang, seinen Weg dorthin durch diese Straße zu finden, konnte er ihre Grenzen fortschieben, sie um sich herum ausweiten, bis sie wieder die ganze Welt umfaßten. Seine ganze Welt.

Tillary Street, Tillary Street. Der Teil einer Mauerkrone war auf ihn gefallen und hatte ihn zu Boden gestreckt, und die Vergangenheit war auf der Tillary Street zur Gegenwart geworden.

Weder ihre Lage noch ihre Beschaffenheit an sich konnten ihm helfen. Der Weg zurück in die Vergangenheit führte nur über das Bewußtsein – das Bewußtsein von anderen, das wie der Strahl eines Leuchtturms durch den Nebel dringt und das eigene Bewußtsein erhellt.

Würde er das in der Tillary Street finden? Vielleicht war er ja nur ganz zufällig durch diese Straße gegangen, auf dem Weg von irgendwoher irgendwohin. War sie für ihn damals ebenso bedeutungslos gewesen wie heute? Oder war er häufig dort gewesen, hatte vielleicht sogar in der Nähe gewohnt, hatte sie eine feste Rolle im Alltag seiner Vergangenheit gespielt? Es gab nur einen einzigen Weg, das herauszufinden, und zwar den, dorthin zurückzugehen und sie als der Geist, der er nun war, so lange heimzusuchen, bis sie ihm eine Antwort gab.

Die Nacht war vorüber; es war jetzt heller, doch auch kälter. Ein Wind, der ebenso heimatlos war wie er selbst, blies über die stahlblaue, nebelverhangene, noch schlafende Stadt. Townsend stellte den Kragen hoch und machte sich auf in Richtung Tillary Street – in das Gestern.

Es mußte dort jemanden geben, der ihn kannte. Er würde dort Tag für Tag, Stunde für Stunde auf- und abgehen, immer wieder, bis schließlich irgendein Paar Augen aufleuchtete, weil es ihn wiedererkannte, irgendeine Stimme ihm guten Tag wünschte, irgend jemand stehenblieb, um ihn zu begrüßen.

Das Straßenschild an ihrem Anfang war wie jedes andere auch. Der eine Teil zeigte in die eine Richtung, der andere in die entgegengesetzte. Ein erstes Aufflackern des Sonnenlichts, fast das erste, das auf die zusammengedrängten Dächer fiel, strich zaghaft über das dunkelblaue Email und die weißen Lettern wie ein rötlicher Scheinwerfer, der mit dem vollen Tageslicht wetteifert.

Zurück in die Vorhölle, aus der er gekommen war. Ein Mann auf der Suche nach seinem anderen, seinem vergessenen Ich.

TILLARY STREET
EINBAHNSTRASSE

2. Buch

Der Vorhang hebt sich

7

Das Zimmer war wie das Gespenst eines längst begrabenen Gestern. »Bleiben Sie lange?« fragte der alte Hausmeister.

Wenn Townsend ihm das hätte sagen können, wäre er selbst um einiges klüger gewesen. Vielleicht nur ein oder zwei Stunden, bis sie ihn aufspürten, vielleicht aber auch Tage oder Wochen. Nein, keine Wochen, es sei denn, er konnte hier in der Gegend eine Arbeit finden, die ihn über Wasser hielt. Er hatte genau 8 Dollar und 79 Cent in der Tasche des Anzugs, den er gerade getragen hatte, als jene Schläge wie Platzpatronen gegen seine Tür donnerten.

»Das kommt darauf an, wieviel Sie verlangen«, sagte er.

Der knorrige alte Mann rieb sich die Hände. »Für ein Zimmer wie das da bekomm' ich 4 Dollar.« Er zwinkerte einschmeichelnd, um die Wirkung seiner Worte zu mildern.

Townsend wandte sich zum Gehen. »Vier Dollar sind zu viel.«

»Na gut, aber sehn Sie, da ist zum Beispiel die Straße. Jede Woche wird die Bettwäsche gewechselt. Es gibt sogar fließendes Wasser.« Er ging zu einem verrosteten Vorsprung, der aussah wie ein Enterhaken, drehte gewaltsam den verkrusteten Hahn, so daß es rumpelte, bis schließlich ein spärliches Rinnsal rotbraune Flüssigkeit kam. »Wird wohl grad einen Stock tiefer benutzt.« Er drehte ihn taktvoll wieder zu, doch es tröpfelte noch eine Weile unvermindert weiter.

»Ich geb' Ihnen zweieinhalb dafür«, sagte Townsend und ging hinaus.

»Einverstanden, einverstanden«, rief ihm der Alte nach.

Townsend kam zurück, nahm zwei Scheine aus dem dünnen Bündel, tat eine Münze dazu und klatschte den Betrag schroff in die gierig ausgestreckte Hand des Alten. »Den Schlüssel.«

Sein neuer Vermieter brummelte angesichts eines solch unerhörten Luxus vor sich hin: »Einen Schlüssel will er! Vielleicht sonst noch was?« Er probierte einige aus, die er in der Tasche hatte, fand schließlich einen passenden und ließ ihn in der Tür stecken.

Townsend ging, als er alleine war, zu dem trüben Fenster und schaute hinunter. Durch den Spalt an der Seite der Jalousie drang das Sonnenlicht und warf einen hellen Winkel auf seinen Ärmel. Das also war die neue Welt dort unten. Er war bereits einmal bis an ihr Ende und wieder zurück gegangen, bevor er hier hoch kam. Diese Welt war nicht sehr lang, alles in allem vier Straßenzüge. Die Tillary Street erstreckte sich nur von der Monmouth bis zur Degrasse Street. An beiden Enden bildete sie eine Sackgasse.

Die Köpfe dort unten wirkten wie Ameisen, die über graubraunen Sand wimmelten, gleichzeitig in alle möglichen Richtungen schwärmten, schwarze Trauben um alle Handkarren bildeten, die beide Gehwege in einer nahezu ununterbrochenen Linie säumten. Deshalb, und wohl auch, weil sie so kurz war, kamen nur sehr wenige Fahrzeuge durch die Straße. Sie führte eigentlich nirgendwohin. Gelegentlich quälte sich unter unablässigem Hupen im Schneckentempo ein Gefährt hindurch.

Townsend wollte sich zuerst ein wenig ausruhen und dann wieder hinuntergehen. Er hatte die ganze letzte Nacht nicht geschlafen. Sie schien bereits so lange zurück und so weit entfernt zu liegen. Er lockerte seine Krawatte, zog seinen Mantel aus und legte ihn über die Stuhllehne.

Dann legte er sich aufs Bett und wollte nur ein paar Minuten entspannen. Doch ehe er sich's versah, wirkten die Stimmen von der Straße einschläfernd, drangen nicht mehr schrill und mißtönend, sondern angenehm einlullend durchs Fenster. Dann vermischten sie sich alle zu einem Surren, und Townsend schlief den ersten Schlaf seines neuen Lebens.

Als er erwachte, war es bereits Nachmittag. Er versuchte

sich an dem störrisch widerspenstigen Wasserhahn in der Ecke, und der ganze Rohrabschnitt erzitterte und gab singende Töne von sich. Townsend stellte fest, daß bei der Wassermenge der Zustand, den der Vermieter als »wird wohl gerade einen Stock tiefer benutzt«, beschrieben hatte, offenbar ein Dauerzustand war. Doch nach einigen Minuten ständigen Tröpfelns enthielt das Rinnsal wenigstens keine Rostteilchen mehr und war klar genug, um benutzt zu werden.

Townsend schloß die Tür hinter sich zu, mehr aus alter Gewohnheit als aus sonst einem Grund, und wurde draußen von Küchengerüchen empfangen, die wohl Stunden gebraucht hatten, um vom Parterre heraufzudringen, wo sie um die Mittagszeit entstanden waren. Sie erinnerten ihn daran, daß er hungrig war. Selbst Geister müssen essen.

Etwas fiel ihm auf, als er die Treppe hinunterging, und das war ein gutes Omen. Das schreckliche Gefühl moralischer Schuld, das er letzte Nacht gehabt hatte, war verschwunden. Wenn dies das »Gefühl« der Vergangenheit war – und das konnte er natürlich noch nicht so sagen, denn er war ja noch nicht wirklich in die Vergangenheit eingedrungen – dann bedeutete dies, daß er entweder unschuldig oder außergewöhnlich gewissenlos war. Da war ein ständiges Gefühl von Gefahr, doch war es eher anregend als deprimierend. Es hatte auch einen Hauch von Abenteuer. Vielleicht kam das daher, daß Virginia nicht mehr auf der Bildfläche war und er, von aller Verantwortung frei, nur noch sein eigenes Schicksal in die Hände nehmen mußte.

Er ging von seiner Pension nahe der Ecke Degrasse Street eine Straße hinunter und wählte eine Imbißstube, die aller Wahrscheinlichkeit nach von vielen Anwohnern besucht wurde. Das schloß er einfach aus der großen Anzahl von Abfalleimern, die auf dem schmalen Weg standen, der zur Küchentür führte. Wenn im Laufe des Tages so viel Abfall anfiel, mußten sie einen recht beachtlichen Umsatz machen. Im Augenblick war natürlich niemand im Lokal. In der Tillary

Street war das Pro-Kopf-Einkommen nicht so hoch, daß man sich zwischendurch einen Imbiß leisten konnte.

Nachdem sich Townsend auf einen der hohen Drehhocker gesetzt hatte, fragte er sich, ohne den Blick vom Hinterkopf des Mannes an der Theke zu wenden: »Hab' ich hier schon einmal gesessen? Würde er sich an mich erinnern, wenn er mich etwas genauer ansehen würde als gerade eben?«

Er nahm seinen Hut ab, damit seine obere Gesichtshälfte durch nichts verdeckt wurde. Dann schob er sein Gesicht ein paar Zentimeter nach vorn über die Theke, so daß es genau im Blickfeld des Angestellten lag, wenn er von dem glänzenden Stahlkessel zurückkehrte. Der Blick des Mannes streifte ihn, doch nichts geschah. Er war mit seinen Gedanken bei der Bestellung. Townsend wurde klar, daß er ohnehin früher ein Stammkunde hätte sein müssen, um sofort wiedererkannt zu werden. Vielleicht war er ja schon hier gewesen, aber vielleicht nur ein, zwei Mal, und solche Leute sahen Tag für Tag andere Gesichter.

Schließlich fragte er den Mann an der Theke, »Wie lange arbeiten Sie schon hier?«

»Das sind jetzt ein paar Wochen, Chef«, erwiderte dieser.

Die erste Chance verpaßt, dachte Townsend bitter.

Während er da saß und gräulichen Zucker in den bereits dikken Bodensatz seiner Tasse rührte, überlegte er sich genau die Strategie seines weiteren Vorgehens. Zu jeder Mahlzeit würde er ein anderes Lokal aufsuchen. Es würde nicht lange dauern, bis er sie alle durch hatte, denn es gab auf der Tillary Street nur vier oder fünf davon. Er mußte versuchen, von einem der Angestellten oder Gäste erkannt zu werden. Das wäre ein Ansatzpunkt.

Ein zweiter wäre, nach und nach in jeden einzelnen Laden, jedes Geschäft entlang der vier Straßen zu gehen und unter dem einen oder anderen Vorwand zu versuchen, von den Inhabern erkannt zu werden. Er konnte nach Waren fragen, die sie wahrscheinlich nicht auf Lager hatten, oder falls doch, nach langem

Herumfeilschen unzufrieden hinausgehen, um so festzustellen, ob er jemals zuvor dort gewesen war.

Doch beides war nur zweitrangig. Seine ganze Hoffnung setzte er auf die zufällige Begegnung draußen auf der Straße, auf eine enge persönliche Bekanntschaft. Denn selbst wenn er in einem Lokal oder einem Geschäft erkannt wurde, bedeutete dies noch lange nicht, daß die Person, die in wiedererkannte, auch irgendetwas Wichtiges von ihm wußte, sondern lediglich, daß er ein paar Mal dort gewesen war. Er erfuhr dadurch weder seinen Namen, noch wo er wohnte, noch wer seine Freunde waren.

Natürlich konnte er es sich nicht leisten, den noch so geringsten Anhaltspunkt außer acht zu lassen. Selbst dieses Erkennen wäre besser als nichts. Es wäre immerhin ein Anfang, ein Ansatz. Er hinge nicht wie jetzt in einem völlig luftleeren Raum.

Townsend ging hinaus auf die Straße, und als er seinen Hut wieder aufsetzte, achtete er darauf, daß er weit genug hinten saß. Dann ging er weiter in Richtung Monmouth Street, die noch drei Straßen entfernt war. Er ging langsam, mit solch schleppenden Schritten, daß es wohl keinen um ihn herum gab, ob Mann, Frau oder Kind, der nicht schneller war. Jeder, der ihn ansah und sich seiner Sache nicht sicher war, hatte genug Zeit, um sich mit einem zweiten Blick zu vergewissern.

Jedenfalls war ein langsames Tempo hier kein so großes Zugeständnis wie in einem anderen Stadtteil. Ein wirklich rasches Vorankommen hätte im Getümmel der Tillary Street sehr viel Geschicklichkeit erfordert und wäre äußerst aufreibend gewesen. Die Kunden oder Schaufensterbummler bildeten vor den Handkarren regelrechte Trauben und verstopften eine Seite des ohnehin viel zu engen Gehwegs. Gruppen, die herumstanden und klatschten, unbewegliche Türsteher, potentielle Käufer, die aus Ladentüren kamen, um sich die Ware bei Tageslicht näher zu betrachten, blockierten die andere Hälfte. Dazwischen lag eine krumme freie Gasse, doch selbst hier wurde die Regel nicht eingehalten, sich strikt rechts zu halten. Jeder schien dort zu gehen, wo es ihm gerade einfiel. Das einzige, was die Lage erträglich machte, war die Tatsache, daß die Gemüter hier unten viel friedfertiger waren als in den stromlinienförmigen Straßen der wohlhabenderen Stadtteile. Der Knuff eines Ellbogens, ein Tritt auf die Zehen oder die Ferse blieb unbemerkt, zog keinen bösen, herausfordernden Blick nach sich. Man entschuldigte sich übrigens auch nicht dafür, vielleicht aus demselben Grund. Zweifellos hätte gerade eine Entschuldigung einen ärgerlichen, verständnislosen Blick zur Folge gehabt.

Townsend hatte die Zeit zwar nicht gemessen, doch mußte er eine volle halbe Stunde gebraucht haben, um ans Ende dieser drei Straßenzüge bis zur Ecke Monmouth Street zu gelangen. Er ging hinüber auf die andere Straßenseite und machte sich langsam auf den Rückweg.

Die Sonne wurde bereits blutrot und ging allmählich unter. Hier und da bildeten sich leere Stellen auf dem Gehweg, als die erfolgreicheren Händler, deren Handkarren schon so leer waren, daß kein weiterer Verkauf zu erwarten war, ihre Zelte abbrachen und aus der Reihe scherten. Hoch oben erschienen Frauen in den Fenstern und kreischten in das noch immer lebhafte Getümmel hinab nach ihren Kindern. Ihre Rufe schienen wie durch Magie alle an das richtige Ohr zu dringen, lösten allerdings nicht Gehorsam, sondern vielmehr stürmischen Protest aus.

Bis Townsend wieder zum anderen Ende gelangte, hatte sich die Straße, obwohl noch immer überfüllt, eindeutig gelichtet. Es war eine jener Slum-Straßen, die wohl zu keiner Tages- oder Nachtzeit vollkommen unbelebt ist. Townsend ging auf die andere Straßenseite hinüber, die er kraft Zahlung von zweieinhalb Dollar »seine eigene« nennen konnte, und blieb dort eine Weile stehen, um sich auszuruhen und sein Glück mit regloser Haltung zu versuchen.

Seine Füße waren müde und staubig von dem unnatürlich

schleppenden Gang, zu dem er sich gezwungen hatte und der viel anstrengender ist als ein forscher Schritt. Er hatte auf seiner langen Jungfernreise straßauf und straßab ein paar neugierig fragende Blicke auf sich gezogen, doch mußte er sich eingestehen, daß nichts Persönliches, nichts Spontanes darin lag. Wahrscheinlich beruhten sie auf der »Fremdartigkeit« seiner Kleidung (im allgemeinen, nicht im speziellen Sinn) und seines Gebarens. Er war selbst nach den Strapazen seiner nächtlichen Flucht durch die Straßen für diese Gegend noch ein wenig zu förmlich angezogen. Es war schwer, den Finger darauf zu legen. Es hatte nichts mit dem Schnitt oder Stoff zu tun. Während er dort stand, versuchte er es so gut wie möglich durch die vielfältigen Eindrücke zu korrigieren, die er bekam, als er den Blick über den vorbeiströmenden männlichen Teil der Bevölkerung schweifen ließ. Die Unterschiede, die er an Ort und Stelle behob, waren Kleinigkeiten im Detail, die nur für den Gesamteindruck von Bedeutung waren. Er knöpfte die Weste auf und ließ das Hemd durch den offenen Mantel schauen, als fehle die Weste ganz. Ansonsten kam es nur noch darauf an, die Krawatte nicht ganz so akkurat in der Mitte und das Hemd nicht ganz so straff in der Hose zu tragen. Die Bügelfalten seiner Hose waren noch immer deutlich zu erkennen, doch war es nur eine Frage von Tagen, bis dies von alleine behoben war.

Auf einmal war es dunkel geworden, und in der Tillary Street gingen die Lichter an. Obwohl der blaßgrüne Lichtschein hinter den meisten oberen Fenstern von Gaslampen rührte, fehlte es unten in den Läden und Geschäften neben den Gehwegen nicht an überdimensionalen nackten Schaufensterbirnen von beinahe explosiver Leuchtkraft, die vor Energie surrten und strotzten; in ein paar vereinzelten Handkarren, die ihrem Geschäft bis zur bitteren Neige nachgingen, wurden sogar Petroleumlampen angezündet. Die Straße bekam etwas Sorglos-Feiertägliches. Wenn man nicht zu genau hinsah, wirkte sie sogar heiter und unbeschwert.

Townsend blieb noch eine Weile in der Hoffnung, daß er

nach Einbruch der Dunkelheit mehr Glück hätte als bei Tageslicht. Wie ein Bettler, der um Almosen bittet, stand er da und bettelte um die milde Gabe der Erinnerung, doch die Vergessenheit derer um ihn herum wurde nur größer, statt geringer.

Schließlich ging er die Treppe zu seinem Zimmer hinauf. Er zog die Jalousie hoch, und die Lichter von unten reichten selbst in dieser Höhe noch aus, um das helle, in der Mitte geknickte Spiegelbild des Fensterrechtecks auf die gegenüberliegende Seite des Zimmers zu werfen, die eine Hälfte waagrecht an die Decke, die andere senkrecht an die Wand. Eine niedergedrückte, dunkle Gestalt, saß er dort auf der Bettkante. Und einmal, als die innere Stärke versagte – wie ein Film, der im Projektor reißt, rasch wieder geklebt wird und kurz darauf normal weiterläuft –, fiel sein Kopf plötzlich in seine verschränkten Arme.

Dann hob er ihn wieder, und es kam nicht mehr vor.

Es ist nicht leicht, mit 32 Jahren noch einmal ganz von vorn anzufangen, besonders dann nicht, wenn dieses Leben bereits zum Scheitern verurteilt ist, bevor man es beginnt, und die zeitliche Begrenzung jederzeit aufgehoben werden kann.

Die indirekte Beleuchtung in seinem Zimmer ging ohne Vorwarnung aus, als direkt gegenüber die Leuchtreklame eines ständigen Ausverkaufs, »Heute letzter Tag«, ausgeschaltet wurde. Townsend hätte die Gaslampe im Zimmer anzünden können, doch es gab nichts zu sehen, wofür es sich gelohnt hätte.

Er streifte die Schuhe ab, legte sich in seiner Unterwäsche hin und zog etwas, das sich wie ein Stück rauhes Sackleinen anfühlte, über seinen Körper. Die Tillary Street verschwamm wie ein unwirkliches Lichtbild in der Leere des Schlafes.

Der erste Tag in der Vergangenheit hatte sich nicht ausgezahlt. Townsend schwebte noch immer zwischen den Dimensionen.

8

Am folgenden Nachmittag kam es zu einem Beinahe-Treffer, der ihn fast verzweifeln ließ. Townsend machte etwa die dritte Runde auf der Tillary Street, als das turbulente Treiben dort um fünfzehn Uhr einen Höhepunkt erreicht hatte. Wenn man von den Menschenmassen ausging, die Gehwege und Straßenränder verstopften, konnte unmöglich noch irgend jemand zu Hause sein. Während er wie ein erschöpfter Schwimmer gegen den Strom ankämpfte, spürte er plötzlich, wie ihm jemand im Vorbeigehen von hinten auf die Schulter klopfte und mit rauher Herzlichkeit rief: »Na, gibt's denn sowas?«

Townsend hatte in diesem Moment gerade auf die andere Seite geschaut, und obwohl sein Kopf im Bruchteil von Sekunden herumschnellte, war der Unbekannte bereits in der anonymen Menge verschwunden. Townsend konnte nicht sagen, wer von den unmittelbar vor ihm Gehenden es war. Keiner schaute sich um, um zu sehen, ob der Gruß erwidert wurde. Der Schlagrichtung des derben, herzlichen Klapses und dem Stimmfetzen nach mußte der Betreffende in dieselbe Richtung gehen, allerdings wesentlich schneller. Deshalb war er jetzt vor, und nicht hinter Townsend. Das war alles. Er hatte nicht schnell genug reagiert, um dem Mann eine Antwort zuzurufen, was der einzig sichere Weg gewesen wäre, um dessen Aufmerksamkeit noch etwas länger auf sich zu ziehen. Townsend war zu sehr überrumpelt worden.

Hier schlüpfte ihm die zufällige Begegnung, das, worauf er all seine Hoffnung gesetzt, wofür er gebetet hatte, und was vielleicht nie wieder geschah, durch die Finger. Er rannte nach vorn und sprach in seiner Verzweiflung alle, die vor ihm waren, an, zupfte sie kurz am Ärmel oder am Jackensaum und fragte atemlos: »Sagen Sie, waren Sie das eben? Haben Sie mir gerade auf die Schulter geklopft?«

Doch die einzige Reaktion war schwerfälliges, verständnisloses Kopfschütteln. Aber jemand hatte es getan, jemand mußte es getan haben. Es war ein handfester Schlag gewesen. Townsend war vor Verzweiflung und Hilflosigkeit fast schon von Sinnen, als auf einmal der vierte Mann, den er festhielt, mit etwas dümmlichem Widerwillen antwortete: »Verzeihung, hab' Sie mit jemand verwechselt. Sie haben von hinten einen Moment lang so ausgesehen.« Er befreite seinen Ärmel aus Townsends krampfhaftem Griff und ging weiter.

Townsend blieb eine Minute regungslos stehen, während die zähflüssige Menschenflut ihn auf beiden Seiten umwogte. Die plötzliche Enttäuschung war ein grausamer Schlag.

Er war an einem Montag kurz nach Morgengrauen in die Tillary Street gekommen. Der Dienstag verstrich, und ebenso der Mittwoch, Donnerstag, Freitag und Samstag. An die ersten paar Tage konnte er sich noch genau erinnern. Danach begannen sie, sich ineinanderzuschieben, ihre klaren Konturen zu verlieren. Hier unten war es schwieriger, den Überblick über die einzelnen Tage zu behalten. Es mochte damit zusammenhängen, daß er keine Arbeit hatte, oder mit der Monotonie der Routine, die er sich auferlegt hatte und die alles verwischte. Dann kam der Tag, an dem ihn sein Vermieter unten im Treppenhaus ansprach, und da wußte er, daß er bereits eine ganze Woche dort wohnte und wieder Montag war.

Er hatte sehr wenig und unregelmäßig gegessen, doch als er für die kommende Woche zahlen wollte, stellte er fest, daß er nur noch zwei Dollar besaß.

Er gab dem Mann die zwei Dollar und sagte, »Die fehlenden fünfzig Cent kriegen Sie heute abend oder morgen«, wobei er sich fragte, wie er das wohl bewerkstelligen würde.

Doch er hatte das Geld noch am selben Abend, als er gegen Mitternacht zurückkam. Er übergab es mit Händen, die nach einem qualvollen Nachmittag und Abend als Tellerwäscher in dem Restaurant, wo er am Tage seiner Ankunft gegessen hatte, von der langen Arbeit im heißen Wasser rot und runzelig waren. Zum Glück wurde dort gerade eine Aushilfe gebraucht. Es war genug Geld übrig, um sich die nächsten paar Tage über

Wasser zu halten. Zwar war ihm nicht klar, wie es dann weitergehen sollte, doch wußte er, daß er im Leben nie wieder Teller waschen würde. Er konnte noch tagelang spüren, wie ihm die fettige, stinkende Brühe an den Armen hochschwappte.

Seine Runde durch die Geschäfte hatte er schon vor Tagen beendet. Doch obwohl er bei vielen Besitzern dem Eindruck eines Herumtreibers, vielleicht sogar eines möglichen Ladendiebs erweckt hatte und jedesmal, wenn er an ihren Räumlichkeiten vorbeischlenderte, giftige Blicke zugeworfen bekam, hatte er nirgends den Eindruck gewonnen, daß ihn einer von ihnen früher schon einmal gesehen hatte.

Sein uhrwerkartiges Abschreiten der Straße, Tag für Tag, die eine Seite hinauf, die andere hinunter, dann die eine hinunter die andere hinauf, ließ ihn zweifellos bei Dutzenden von Bewohnern der Tillary Street zum vertrauten Anblick werden, doch es war jetzige Vertrautheit, keine frühere, und um nicht durcheinanderzugeraten und das eine mit dem anderen zu verwechseln, vermied er strikt die Anknüpfung neuer Bekanntschaften, erstickte bereits den leisesten Ansatz dazu im Keim.

Freilich mußte mit der Zeit das Gesetz der fallenden Profitrate gegen ihn arbeiten. Wenn er hier in der Gegend blieb, bis die neue Vertrautheit zu einer alten wurde, kam irgendwann ein Zeitpunkt, an dem er nicht mehr unterscheiden konnte, ob das Erkennen seinen Ursprung in der unmittelbaren oder der weiter zurückliegenden Vergangenheit hatte, in die er zurückkehren wollte. Doch dieser Punkt war noch nicht ganz erreicht.

Townsend wurde nun manchmal, wenn er nachts alleine in seinem trostlosen Zimmer lag und das gespenstische, von den Straßenlichtern an die Wand projizierte Fensterrechteck vor seinen Augen hin und her tanzte, von einem bedrohlichen Gefühl des Versagens, der Sinnlosigkeit dessen, was er vorhatte, heimgesucht.

Vielleicht war er grundsätzlich von einer falschen Voraussetzung ausgegangen. Es konnte doch sein, daß er an dem Tag, an dem sich plötzlich der Vorhang über seine Vergangenheit gesenkt hatte, rein zufällig durch die Tillary Street gegangen war. Vielleicht verwechselte er auch einen ziellosen Umweg mit seiner gewohnten Strecke. Wie sollte er dann jemals herausfinden, wohin er hatte gehen wollen oder woher er gekommen war? Vielleicht war er nur ein paar Straßen von einem Bezirk entfernt, in dem sich die Nachforschungen wirklich gelohnt hätten. Allerdings konnte das auch am anderen Ende der Stadt sein.

Aber selbst angenommen, seine Voraussetzung stimmte, und die Tillary Street hatte wirklich einen festen Platz in seinem vergangenen Leben? Selbst dann verließ er sich nur auf den Zufall, auf eine glückliche Fügung, oder etwa nicht? Vielleicht war ihm das Glück einfach nicht günstig gesonnen. Nur einmal angenommen, daß einige Leute, die ihm hier in der Gegend hätten helfen können, sich zurechtzufinden, inzwischen ebenfalls nicht mehr hier wohnten. Und wenn sie nicht mehr hier wohnten, dann war auch die Straße als solche für ihn absolut wertlos. Oder vielleicht hatten auch diejenigen, die Grund dazu hatten, hier unten nach ihm zu suchen, es bereits in der Zeit seiner Abwesenheit getan. Und da sie ihn nicht fanden, konnten sie selbstverständlich davon ausgehen, daß er für immer verschwunden sei und nie wieder in die Tillary Street zurückkehren würde. Vielleicht konnte er tausend Jahre hier bleiben, ohne je auch nur einen flüchtigen Blick in die unbekannte Vergangenheit werfen zu können.

Eines Abends zeichnete er in der Hoffnungslosigkeit seiner dauernden Mißerfolge eine Skizze der unmittelbaren Umgebung und versuchte, ungefähr festzustellen, für welche Haltestellen die Tillary Street als Abkürzung, zu Zeitersparnis oder als Weg des geringsten Widerstandes dienen konnte. Doch es funktionierte nicht. Es spielten zu viele unbekannte Faktoren mit hinein. Er hätte seine früheren Gewohnheiten kennen müssen, die Art der Besorgungen, die er zu dieser Zeit gerade machte, und vieles mehr. Er wußte nichts davon. Nur als Abkürzung kam die Straße wohl mit Sicherheit nicht in Frage, denn man konnte die beiden Parallelstraßen ebenso schnell und ein ganzes Stück weiter hinuntergehen. Sie führte von nirgendwo nach nirgendwo. Sie begann dort, wo sie anfing, ohne erfindlichen Grund und endete nach vier Querstraßen ebenso sinnlos. Sie war nicht einmal eine Diagonal- oder Querverbindung zwischen zwei nichtparallelen Straßen. Sie folgte dem gleichen viereckigen Muster wie alle anderen Kreuzungen um sie herum.

Er knüllte das Blatt Papier zusammen und warf es nach langen mühsamen und anstrengenden Stunden fort. Es war nicht leicht, die Vergangenheit wiederzufinden. Sie war auf keiner Straßenkarte eingezeichnet. Und inzwischen drängte die Zeit.

Obwohl für seine Unterkunft noch eine Weile gesorgt war, ging der Rest des Geldes, das er beim Tellerwaschen verdient hatte, nach zwei Tagen allmählich zur Neige. Danach hielt er sich noch vierundzwanzig Stunden ohne Geld über Wasser, ernährte sich von einer gelegentlichen Tasse Kaffee, die ihm von Angestellten verschiedener Lokale, in denen er bisher zahlender Kunde gewesen war, kostenlos über die Theke geschoben wurde, wenn der Chef gerade nicht hinsah. Man konnte jedoch nicht erwarten, daß sie das mehr als einmal wiederholten. In der Tillary Street lebte man von der Hand in den Mund, und wenn man sie erwischt hätte, wären ihnen die fünf Cent vom Lohn abgezogen worden. Der glückliche Umstand, daß ein Restaurant gerade dann einen Tellerwäscher oder ein Laden einen Ausrufer brauchte, wenn Townsend eine Arbeit suchte, ergab sich wahrscheinlich kein zweites Mal und war wohl nur eine Laune des Zufalls gewesen. Er wollte keine dauerhafte Anstellung – denn er war ja den ganzen Tag über eingespannt – und suchte deshalb nicht woanders. Doch hier war nichts zu finden. Aber er mußte ja schließlich essen. Bereits am ersten Tag seiner unfreiwilligen Enthaltsamkeit spürte er ein Loch in der Magengegend, und die Beine wurden ihm schwer, wenn er seine sinnlose, vage Runde machte.

Die ganze Zeit über hatte er das protzige Zigarettenetui bei sich, das er in eben dieser Straße am Tage seines Unfalls in seiner Tasche entdeckt hatte. All die Wochen, die er mit Virginia verbracht hatte, hatte er es bei sich getragen, anstatt es irgendwo in der Wohnung zu verstecken. Wahrscheinlich, um ihr die Sorgen zu ersparen, die der fremde Gegenstand vielleicht verursacht hätte, wäre es ihr in die Hände gefallen. Es hatte ihn in der Nacht seiner Flucht begleitet und war jetzt der einzige Gegenstand, den er bei sich hatte, der möglicherweise einen materiellen Wert besaß. Also beschloß er, es zu Geld zu machen. Er hatte keine Ahnung, was es wert sein mochte, doch es konnte ihm vielleicht helfen, sich noch ein paar Wochen über Wasser zu halten. Und in der Zwischenzeit, jeden Tag,... jeden Tag...

Seltsamerweise gab es auf der Tillary Street selbst keinen Pfandleiher, doch fand Townsend einen ein paar hundert Meter weiter in der Monmouth Street, auf der rechten Seite. Er bahnte sich seinen Weg in das Innere des Ladens, wo ihm ein übler Kampfergeruch entgegenschlug und wo sich im Augenblick niemand befand, holte das Etui heraus, hauchte es an und polierte es an seinem Jackenärmel.

Der Pfandleiher, der die Tür hatte gehen hören, kam hinten aus einem Lagerraum auf den Ladentisch zu und taxierte Townsend mit dem für seinen Berufsstand typischen scharfen Blick. »Nun?« fragte er unverbindlich.

Townsend reichte ihm das aufgeklappte Etui durch die schmale Öffnung in dem Maschendraht, der sie voneinander trennte.

Der Pfandleiher machte keinerlei Anstalten, es in irgendeiner Weise zu prüfen, zu wiegen oder genau zu betrachten. Das hätte Townsend auffallen sollen, doch irgendwie entging es ihm. Er hatte mit Pfandleihen keine Erfahrung.

Plötzlich hatte sein Gegenüber etwas gesagt, ganz beiläufig, doch war es von höchster Brisanz. »Also das schon wieder, hm?«

Das hatte Townsend nicht erwartet. Darauf war er nicht gefaßt gewesen, er fühlte sich völlig überrumpelt. Es zündete wie Pulver, war vorbei, noch bevor man zusammenzucken konnte. Er blinzelte, als ihm die Bedeutung dämmerte, wurde ein wenig blaß und umklammerte die Kante des Ladentisches etwas fester. Also das *schon wieder*. *Wieder*. Plötzlich flimmerte es ihm so merkwürdig vor den Augen, als würde sich in einem pechschwarzen Raum langsam eine Tür öffnen und der erste zaghafte Lichtstrahl eindringen.

Er mußte mit diesem Etui schon einmal hier gewesen sein.

Seine Stimme zitterte ein wenig, so sehr er sich auch zu beherrschen versuchte. Er wollte einfach überzeugend vergeßlich wirken, nicht mehr. »Ach je, war das der... derselbe Laden, wo ich es schon einmal versetzt habe? Für mich sieht eine Pfandleihe aus wie die andere.« Er hoffte, daß dies seinem Gegenüber nicht ebenso einfallslos vorkam wie ihm selbst.

Der Pfandleiher rümpfte geringschätzig die Nase. »So langsam kenne ich dieses Etui in- und auswendig. Dreimal waren Sie damit schon hier, nicht wahr?« Inzwischen hielt er es in der ausgestreckten Hand, als wolle er es zurückweisen. Dann folgte nach einer unverständlichen Pause sein Angebot: »Nun gut, vier Dollar.«

Townsend sah einen Strohhalm und klammerte sich verzweifelt daran. »Sie haben mir aber schon einmal mehr dafür gegeben.«

Der Pfandleiher fühlte sich sofort in seiner Berufsehre gekränkt. »Wollen Sie etwa mit mir herumstreiten? Es ist vier Dollar wert. Warum sollte ich Ihnen diesmal mehr dafür geben als sonst? Es ist für mich heute nicht mehr wert als damals, oder?«

Townsends Stimme klang erregt. »Heben Sie den Quittungsabschnitt, oder wie das heißt, auf, nachdem der betreffende Gegenstand eingelöst wurde? Ich meine den Teil, auf den der Kunde Namen und Adresse schreibt, und den sie behalten, bis die Summe zurückgezahlt ist?«

»Sicher. Wollen Sie etwa, daß ich nachsehe? Wozu brauch' ich da nachsehn? Ich erkenne das Etui am Muster. Ich hab's schon mal für Sie geprüft. Da, sehen Sie.« Er zeigte ihm einen kleinen Fleck, der von einem Tropfen Prüfflüssigkeit stammte. Townsend hatte ihn für eine abgenutzte Stelle gehalten. »Sie haben ein Riesengezeter gemacht, erinnern Sie sich? Wollten mir einreden, es wär' 14 Karat. Silber ist es, vergoldet. Vier Dollar.«

Townsend bettelte nun schon fast. »Nur, um mich zu überzeugen, nur um sicherzugehen. Sehen Sie doch nach, ob Sie's nicht finden können. Ich will's nur mit eigenen Augen sehen.«

»Wollen Sie behaupten, daß ich mein Geschäft nicht verstehe? Ich weiß genau, was mir ein Stück Sicherheit wert ist.« Der Pfandleiher ritt geradezu aufreizend auf der Frage des Betrages herum. »Wann waren Sie das letzte Mal damit hier?«

Am 10. Mai war Townsend zu Virginia zurückgekehrt. Er versuchte sein Glück, zögerte. »Dieses Jahr im April. Sehen Sie in Ihrem Buch nach, Sie müssen's aufgeschrieben haben.«

Der Pfandleiher ging wieder nach hinten und schaltete ein Licht ein. Es entstand eine lange Pause. Für Townsend war sie eine Tortur. Er drückte sich gegen den Ladentisch, so daß dessen Kante ihm die Taille quetschte, als könne der körperliche Schmerz die andere Qual lindern.

»18. April«, sagte der Pfandleiher plötzlich von hinten. »Zigarettenetui, Silber, vergoldet. Schwarzes Email, Silberstreifen, Schein-Nr. murmel, murmel – 4 Dollar. Hatte ich nun recht?«

»Bringen Sie den eingelösten Schein mit heraus. Ich will den eingelösten Schein sehn«, rief Townsend mit verzweifelter Eindringlichkeit.

Der Pfandleiher kam mit einem hellbrauen Pappschildchen zurück und sah Townsend neugierig an. »Hier. Vielleicht wollen Sie mir jetzt erzählen, daß ich mich irre. Ist das Ihrer oder nicht?«

Townsend verdrehte den Hals, um den Abschnitt den der

Pfandleiher ihm hinhielt, lesen zu können, und suchte auf dem Vordruck den handschriftlich ausgefüllten Teil. Er erkannte die Schrift nicht als seine, doch das war zu erwarten. Wenn die Erinnerung nicht übertragbar war, war nichts übertragbar.

Der Name war George Williams, und Townsend wußte sofort, daß er falsch war. Irgend etwas daran war zu glatt, zu geschmeidig. Das sollte nicht heißen, daß es niemanden namens George Williams gab, doch *er* hatte nicht so geheißen. In seinem Hutband hatten die Initialen D. N. gestanden. Und die Anschrift lautete Monmouth Street 705. War auch die wie der Name nur erfunden? Es bestand eine Chance, daß es nicht so war.

»Nun, was ist? Wollen Sie's verpfänden oder nicht?« rief ihm der Pfandleiher bissig nach, als er zur Tür ging.

»Ich komm' später zurück«, sagte Townsend und gab der Flügeltür einen solchen Stoß, daß sie im Takt seiner hastigen Schritte gewiß noch minutenlang hin- und herschwang. Er eilte die Monmouth Street hinauf in Richtung der siebenhunderter Hausnummern. Bald hatte er es geschafft. Eines der nächsten Häuser mußte es sein.

Er hielt unvermittelt an, ging zögernd wie im Reflex ein paar Schritte weiter und blieb dann endgültig stehen. Es gab keine Nr. 705. Das Haus davor war die Nummer 703, das dahinter die 707. Es war ein öffentliches Bad.

Die Tür war zugeschlagen. Das Zimmer war wieder dunkel.

9

Drei Dollar siebzig später, gegen fünf Uhr nachmittags, war er gerade wieder auf seinem Rundgang, als sich die Tillary Street plötzlich um ihn herum zu leeren begann. Er zählte die Zeit nicht mehr nach Tagen und Stunden, sondern nach den Pennies, die sein Vorgehen bestimmten. Wieder einmal trennten ihn nur noch 30 Cents von der Mittellosigkeit, und er hatte nichts mehr zu verpfänden. Damit konnte er sich selbst mit seinen bescheidenen Ansprüchen nur noch einen Tag ernähren.

Er hatte ungefähr die Hälfte der Strecke zurückgelegt, befand sich etwa auf der Höhe Watt und Jordan Street, als die Menschenmassen, die nachmittags für gewöhnlich den Gehsteig bevölkerten, allmählich um die Ecke in die Watt Street verschwanden. Kurz davor hatte man aus dieser Richtung das Schrillen eines Feuermelders gehört, und von Zeit zu Zeit heulten erneut die Sirenen auf, nachdem der Exodus bereits in vollem Gange war. Die Kinder fingen damit an, schossen mit lautem Geschrei zwischen den Beinen der Erwachsenen hindurch. Dann begannen die Eltern, ihnen nachzulaufen, manche hektisch und andere wiederum ganz gemächlich. Der Tumult griff um sich wie eine Panik, obwohl er in einer solchen Gegend etwas Freudiges war, ein Mittel des persönlichen Ausdrucks, fast ein gesellschaftliches Ereignis. Mit einem Male strömte das ganze Volk in Massen in dieselbe Himmelsrichtung. Nur die Handkarren mit ihren pflichtgebundenen Hütern blieben zurück und wirkten, so verlassen auf dem Asphalt, merkwürdig kahl.

Zuerst wollte Townsend sich keinen Umweg gestatten. Was bedeutete ihm schon ein Brand oder irgendeine andere Ablenkung, die keinen direkten Bezug zu seiner tranceartigen Suche hatte? Da jedoch die leere Straße vor ihm sein Weitergehen, wenigstens vorübergehend, sinnlos machte, folgte er dann doch der Nachhut. Allerdings sehr langsam und gleichgültig.

Etwa auf halben Weg sah man einen blaugrauen Rauchschleier. Man kam nur bis zu der Querstraße vor der eigentlichen Brandstelle. Der Menschenstrom von der Tillary Street und allen anderen Straßen der Umgebung, der offensichtlich durch Seile von der Brandstelle zurückgehalten wurde, hatte sich gestaut und war zu einer festen Menschenmasse erstarrt, die sich von einer Straßenseite zur andern erstreckte und nur noch am Rand in Bewegung war.

Townsend folgte dahinter, blieb aber ein paar Meter abseits

am Rande des Geschehens stehen. Als einziges Zugeständnis an seine Neugierde reckte er den Hals, um über die Köpfe vor sich sehen zu können.

Er war vor einer Häuserfront stehengeblieben. Daran war nichts Bemerkenswertes. Er hätte überall in dieser Straße vor einem Haus gestanden. Und hier, wie allenthalben, blickten Schaulustige mit erwartungsfrohen Gesichtern aus den Fenstern.

Nur war in diesem Haus ein Kind, das in einem Fenster des oberen Stockwerks eine Apfelsine schälte. Jemand versetzte dem Kind zufällig einen Schubs, und etwas Klebriges platschte auf Townsends Schulter, glitt hinunter und landete mit einem matschigen Klatsch vor seinen Füßen.

Gereizt fuhr er zurück und blickte nach oben, um den Übeltäter auszumachen. Eine ganze Weile starrte er mit strengem Blick hoch. Ein Gesicht, das so lange aufschaut, zieht die Blicke von oben auf sich, selbst wenn sie vorher in die Ferne gerichtet waren.

Plötzlich schrillte irgendwo aus der Häuserfront eine Stimme, im lärmenden Tumult der Straße zwar nur schwach, aber dennoch klar und deutlich zu vernehmen: »Dan!«

Und damit hatte sich die Vergangenheit aufgetan, um ihn endlich einzulassen.

10

Als Townsend rasch seinen Blickwinkel änderte und Fensterreihe für Fensterreihe genau absuchte, entdeckte er zunächst nur eine leere Stelle, wo vorher inmitten all der anderen Gesichter jemand gewesen war. Im mittleren Fenster in der zweiten Reihe war das Loch. Doch das Gesicht selbst war verschwunden, bevor er es ausfindig machen konnte; nur seine Abwesenheit fiel auf. Die anderen Gesichter drängten sich rasch in die Lücke hinein, so daß sie sich bald schloß.

Townsend wußte instinktiv, daß der Ruf ihm gegolten hatte. Er war direkt auf ihn, nicht rechts, nicht links von ihm, »gezielt« worden. Irgendwie verriet ihm das die von seinem Trommelfell erfaßte Stärke der Schallwellen. Die Frau, die ihn ausgestoßen hatte, war jetzt wahrscheinlich im Treppenhaus, auf dem Weg herunter zu ihm.

Er blieb wie angewurzelt und völlig regungslos stehen. Er hatte Angst, daß dies wieder eine Sackgasse sein könnte. Ein niederschmetterndes Gefühl von Ironie überkam ihn. Ob das nun falscher Alarm war oder nicht, zweifellos war er erkannt worden, und dieses Erkennen hatte die ganze Zeit über nur eine Querstraße von der Tillary Street entfernt auf ihn gelauert, während er dort endlos auf- und abgegangen war. Und er hatte sogar jedesmal beim Überqueren der Watt Street das Haus sehen können, das nur eine Straßenecke entfernt lag.

Nie zuvor waren ihm Sekunden so lange vorgekommen. Er zitterte innerlich von Kopf bis Fuß, direkt unter der Haut. Wer war es? Was war es? Und falls er angesprochen wurde, was fast sicher war, war es Freund oder Feind?

Was sollte er sagen? Wie sollte er herausfinden, welche Worte man von ihm erwartete? Eine innere Stimme beschwor ihn: Bleib jetzt ganz ruhig, verlier nicht den Kopf, was auch geschieht. Behalt deine Selbstkontrolle, denn jede Geste, jede Silbe zählt. Laß dir ja nichts entgehen. Sag selbst nur ganz wenig. Sag so wenig wie möglich. Besser zu wenig als zu viel. Besser gar nichts als das Falsche. Ertaste dir deinen Weg, wie jemand, der mit verbundenen Augen über ein Seil balanciert.

Vielleicht war eine Minute vergangen. Vielleicht höchstens 90 Sekunden. Es schienen Stunden zu sein, seitdem dieser verzweifelte Schrei an sein Ohr gedrungen war. Townsend stützte seine Hand auf das abgegriffene Eisengeländer an der Treppe zur Eingangstür, das zu ihm herunterführte, doch selbst hier zitterte sie unaufhaltsam weiter. Er konnte sie einfach nicht stillhalten.

Plötzlich schoß eine Gestalt durch die Tür wie ein Schuß aus einer Schleuder, und bevor er auch nur die Gelegenheit hatte, sie einigermaßen genau anzusehen, stand sie bereits Auge in Auge vor ihm. Seine Wahrnehmung von ihr erweiterte sich in konzentrischen Kreisen, ausgehend von diesen Augen, die ihn aus solch unmittelbarer Nähe ansahen.

Braune Augen
Hellbraune Augen
Tränenerfüllte hellbraune Augen
Tränenüberquellende hellbraune Augen

Plötzlich war ein Taschentuch hochgefahren und verhüllte sie einen Augenblick. Dabei konnte er einen kurzen Eindruck von ihrer ganzen Gestalt bekommen, nicht viel mehr.

Sie war jung, sie war schlank, etwas größer als mittelgroß. Ihr sauberer, hell schimmernder Seitenscheitel reichte ihm bis zum Ohrläppchen. Ihr Haar war braun mit einem bronzefarbenen Schimmer, ohne eine Spur von Blond oder Rot. Es fiel lose über ihren Nacken. Sie trug keine Kopfbedeckung, da sie gerade so, wie sie war, die Treppe heruntergerannt war. Sie war nicht schön, doch alles andere als reizlos. Anstelle von Schönheit im herkömmlichen Sinne strahlte ihr Gesicht Wärme aus und pulsierte vor Lebhaftigkeit.

Sie war – aber das war es ja gerade: wer war sie?

Das Taschentuch hatte sich wieder gesenkt, und die Inventur war vorüber. Townsend mußte sich für den Augenblick damit begnügen.

»Danny!« waren ihre ersten Worte, »Ich hätte nie gedacht, daß ich dich je wiedersehe!« Sie stand so dicht vor ihm, wie es nur irgend ging, also konnte dies kein Irrtum sein. *Er* war Danny, er blieb Danny, das war sein Name in der lebendigen Vergangenheit, der gegenwärtigen Vergangenheit. Er dachte unsinnigerweise, daß er diesen Namen immer gehaßt hatte.

»O du Narr, du verrückter Narr! Was hast du hier auf offener Straße verloren. Bist du verrückt?«

Er sprach zum ersten Mal. Er begann sein Leben mit ihr – wer sie auch sein mochte – noch einmal ganz von vorne. »Ich sehe mir das Feuer an«, sagte er ruhig. Nicht zu viel, nicht zu wenig.

Sie schaute zuerst in die eine, dann in die andere Richtung, dann suchte ihr Blick in halbkreisförmigem Bogen die unmittelbare Umgebung ab. Sie hatte eindeutig Angst. Angst um ihn. »Was ist nur los mit dir? Weißt du denn nicht, daß Menschenmengen das Gefährlichste für dich sind? Man weiß doch nie, ob nicht einer von ihnen dabei ist und gerade nach solchen wie dir Ausschau hält!«

Einer von ihnen. Gerade nach solchen wie dir. Sie mußte davon wissen. Jedenfalls etwas davon. Wieviel wußte sie? Alles? Nur einen Teil? Wie? Direkt? Indirekt?

Etwas Belangloses. Er mußte etwas Belangloses sagen. Einfach nur stumm dastehen wäre genauso gefährlich. Er blickte rasch zu dem Fenster hoch, aus dem ihre Stimme gekommen war, und sah sie dann wieder an. »Du hast verdammt gute Augen.«

»Dich sollte ich doch inzwischen aus jeder Entfernung erkennen.« Sie sagte das in einem bissigen, geringschätzigen Ton, und einen Augenblick lang verdüsterte sich ihre Miene, als erinnere sie sich daran, daß man ihr wehgetan hatte.

Townsend wagte es nicht, eine Frage zu riskieren. »Ja, das solltest du wohl«, sagte er ruhig.

»Was hast du also vor, am hellichten Tag hier draußen zu stehen, damit dich jeder sehen kann, bis jemand kommt und dich mitnimmt?« In ihrer Sorge begann sie, ihn am Ärmel in Richtung Haustür zu ziehen. Ihre Stimme war aufgebracht vor Angst. »Was soll das? Bist du vielleicht lebensmüde? Komm rein. Komm wenigstens rein ins Treppenhaus.«

Er folgte ihr in den schmalen Flur, der zur Treppe führte, und das gleißende Nachmittagslicht dämpfte sich ab. Sie blieben stehen, beide an dieselbe Wand gelehnt, die Gesichter einander zugewandt. Sein Rücken war der Straße zugekehrt.

Er wagte es, ließ den Fuß auf das Seil gleiten, um zu sehen, ob er ein Stück vorankommen konnte. »Du ... du scheinst dir Sorgen um mich zu machen.«

Ihre Hand schnellte hoch und schlug ihn auf den Mund. Offenbar schürte diese Frage den Schmerz und die Wut noch, die Townsend schon vorher bemerkt zu haben glaubte. Doch reichte selbst das als Ventil offenbar noch nicht aus. Mit einemmal ballte sie die Fäuste und hämmerte auf seine Brust. Sie konnte nicht sehr fest schlagen. Vielleicht war auch ihr Ärger dafür nicht groß genug. »Du Schuft! O du gemeiner Schuft! Warum lieb' ich dich nur so sehr?«

Plötzlich schmiegte sich anstelle der hämmernden Fäuste ihr Kopf verzweifelt an seine Brust. Nur einen kurzen Moment lang. Dann hob sie ihn wieder. »O Danny, warum bist du mir jemals begegnet? Warum hab' ich dich je kennengelernt?«

Wo bin ich da hineingeraten? fragte sich Townsend bestürzt. Was hab' ich diesem Mädchen angetan?

»Du taugst nichts«, sagte sie. »Du wirst nie etwas taugen ...« Und dann, als Schritte auf der Treppe zu hören waren, sagte sie in unveränderter Stimmlage: »Schnell! Komm hier hinter die Treppe, wo dir nicht jeder, der raus- oder reingeht, gleich in die Arme läuft.«

Sie kauerten sich gemeinsam dahinter, in noch engerer, noch düsterer Abgeschlossenheit. Sie warteten schweigend, bis die Schritte hinaus ins Freie verschwunden waren. Sie schaute hinaus, um sicherzugehen, und drehte sich dann mit wachsender Besorgnis nach Townsend um. »Wo wohnst du jetzt, Danny?«

Sie hegte ihm gegenüber offenbar insgeheim großen Groll, empfand aber keine wirkliche Feindschaft. Er ließ es darauf ankommen und sagte: »Ich hab' ein möbliertes Zimmer gleich hier um die Ecke, in der Tillary Street.«

»Dann sieh um Himmels willen zu, daß du schleunigst dahin zurückkommst. Schau, die Menge löst sich langsam auf. Misch dich drunter, dann schaffst du's bestimmt. Ich geh' hoch und hol' meine Sachen und komm' dann gleich nach.«

»Ich werd' gleich hier auf dich warten«, schlug er vor.

Doch sie wollte nichts davon hören. »Nein! Nein, Danny, ich hab' Angst. Geh bitte dahin zurück, wo du hingehörst. Du forderst dein Schicksal heraus, wenn du dich hier so rumtreibst.«

Townsend deutete mit dem Kopf in Richtung Treppenhaus. »Wer ist da oben?« fragte er. Selbst, wenn er das Haus kennen und wissen müßte, wem es gehörte, und was sie dort oben machte, war die Frage doch berechtigt. Vielleichte wohnte sie ja selbst dort oben. Es gab doch gewiß eine Methode, das rasch herauszufinden – nein, doch nicht, wenn man es recht bedachte. Er hatte gesehen, daß hier unten an der Haustür nicht einmal Klingeln waren, geschweige denn Namensschilder der Mieter, die ihm hätten verraten können, wer sie war. Ihre Antwort war nicht besonders aufschlußreich, ließ nur erkennen, daß er wissen sollte, wo er sich befand.

»Die ganze verdammte Mischpoke mitsamt der Katze. Ich werd' eine Weile brauchen, um mich dort loszueisen. Ich will nicht, daß sie was spitzkriegen. Ich sag' ihnen, ich nehm' einen früheren Zug. Du kannst hier unten unmöglich so lange warten.«

Na gut, falls sie ihn ans Messer liefern wollte, sollte sie auch ausgiebig Gelegenheit dazu bekommen. Unter diesen Umständen hatte er vermutlich keine andere Wahl. Es mußte einfach riskiert werden. »In Ordnung!« stimmte er zu. »Es ist Nr. 15, im zweiten Stock vorne.«

»Dann sei aber auch da, Danny. Laß mich ja nicht wieder im Stich.« Sie hielt ihm erwartungsvoll das Gesicht entgegen. Um keine Unterlassungssünde zu begehen, strich er mit seinem Mund flüchtig über ihre Lippen.

Offenbar hatten sie in der Vergangenheit weniger halbherzige Küsse ausgetauscht. »Übernimm dich nicht«, kommentierte sie schmollend. Und dann, als er sich entfernte, bat sie ihn eindringlich: »Sei ja vorsichtig, wenn du zurückgehst, Danny.« Sie hielt ihn noch einen Augenblick länger zurück.

»Zieh deinen Hut etwas mehr ins Gesicht.« Sie zupfte fürsorglich an der Hutkrempe und ließ ihn gehen.

Townsend ging durch den Flur zur Haustür. Hinter sich hörte er das leichte Tappen ihrer Füße, als sie die Treppe hinaufging.

Wer war sie? Was war sie? Offenbar wußte sie von seinem Verbrechen, aber hatte sie selbst direkt damit zu tun, oder hatte er ihr nur davon erzählt?

Fragezeichen über Fragezeichen, nichts als Fragezeichen. Sie erschienen vor seinem inneren Auge wie Dollarzeichen auf einer Registrierkasse.

Er bog – nicht ohne einen flüchtigen Blick zurück auf das Haus zu werfen, in dem sie wohnte – in die Tillary Street ein, und ging das kurze Stück zurück zu seinem Zimmer. Sein Schritt war zum erstenmal auf der Tillary Street rasch und zielstrebig. Er überholte und wich denjenigen aus, die ihm den Weg versperrten, ging zügig voran. Kein Herumtrödeln auf den Gehwegen mehr – zumindest das war vorüber. Die Tillary Street konnte ihm nichts mehr geben. Er hatte gehofft, im Vorbeigehen ein zufälliges Nicken, ein beiläufiges Wort zu erlangen. Bekommen hatte er statt dessen vorwurfsvolle Tränen, einen Schlag auf den Mund, einen Kuß unerwiderter Liebe.

Der Erfolg hatte lange auf sich warten lassen, doch es hatte sich gelohnt.

II

Es war bereits seit Stunden dunkel. Townsend hatte schon lange die Gaslampe angezündet – es war das Äußerste, was er aus Gastfreundschaft für sie tun konnte. Ungeduldig tanzte die Flamme auf halber Wandhöhe, ein gelber Engel auf einem Stecknadelkopf, und erwartete sie. Doch sie kam noch immer nicht. Es mußten nun bereits über drei Stunden sein, nein vier. Dabei war es doch nur um die Ecke. Was hatte das zu bedeuten? Noch eine Pleite, noch ein falscher Alarm? Oder sogar noch etwas Schlimmeres? Wurde mit ihrer Hilfe vorsichtig ein Netz um ihn gespannt, war es das, was so lange dauerte? Nur aus einem Grund hegte er diesen Gedanken nicht ständig, sondern nur dann, wenn ihn in gewissen Abständen die Ungeduld wieder übermannte. Für einen Verrat dauerte es zu lange. Bei Verrat wäre die ganze Sache jetzt schon vorbei. Es dauerte einfach für alles zu lange, es sei denn, sie hatte ihn ganz altmodisch versetzt.

Townsend ging unruhig auf den leicht gewellten Fußbodenbrettern auf und ab und tat immer wieder Dinge, die in keinem Zusammenhang mit ihrer erwarteten Ankunft standen – wie den störrischen Wasserhahn auf- und wieder zudrehen –, nur um nicht endlos monoton immer das gleiche zu tun: durch den Seitenschlitz der Jalousie auf die Straße hinunterspähen, zur Tür hinübergehen und sie aufziehen, als wäre die Fremde ein Luftstrom, und könnte so schneller ins Zimmer kommen.

Hin und wieder flammten Verdachtsmomente in ihm auf. Woher soll ich wissen, wer sie ist? Offenbar habe ich ihr in der Vergangenheit etwas angetan, sie irgendwie schäbig behandelt. Woher soll ich wissen, was es war? Vielleicht wäre sie die letzte, der ich vertrauen würde, wenn ich es wüßte. Angenommen, sie benutzt diese Gelegenheit, um es mir heimzuzahlen. Sie schien ganz in Ordnung, aber Frauen sind in dieser Beziehung unberechenbar. Einen Augenblick können sie dir alles verzeihen und im nächsten ziehen sie das Messer, das sie heimlich für dich im Herzen getragen haben. Vielleicht ist sie aber auch nur auf Geld aus, vielleicht ist ja eine Belohnung auf mich ausgesetzt, und sie ist gerade auf dem Polizeirevier, um sie sich zu verdie …

Einen Moment. Was war das für ein Geraschel da draußen auf der Treppe? Geschmeidig wie eine Katze sprang er zur Tür, beugte den Kopf herunter, hielt das Ohr an die Fuge und preßte die Hand gegen den Schlüssel, um ein hinterlistiges

Eindringen zu verhindern. Wie ein seidiger Hauch drang ein »Dan« durch das Schlüsselloch.

Zuerst wollte er gleich auf ihr Bitten öffnen. Doch dann dachte er: Erst soll sie dir ihren Namen sagen. Faß die Gelegenheit beim Schopf, herauszufinden, wer sie ist. »Wer ist da?« beharrte er leise.

Sie wich der Frage aus, wahrscheinlich ohne Absicht. »Ich.«

Townsend verzog enttäuscht das Gesicht und drehte den Schlüssel um.

Sie kam herein. In ihren Augen glomm bereits ein kleiner, bernsteinfarbener Funke von Eifersucht. »Du mußt ja 'ne ganze Menge Mädchen hier oben gehabt haben, wenn's dir so schwerfällt, sie auseinanderzuhalten.«

Er machte die Tür zu und sagte etwas, das buchstäblich wahr war – doch er wußte bereits, daß vieles, was er ihr noch sagen würde, dies leider nicht sein würde. »Du bist außer dem Vermieter der einzige Mensch, der jemals hier hochgekommen ist, seit ich hier wohne.«

»Daß ich nicht lache!« war ihr ganzer Kommentar zu seiner Glaubwürdigkeit. »Du würdest nie sehr lange allein sein, egal, wo du bist. Ich kenn' dich doch! Wart einen Moment, mach die Tür nicht zu, ich hab' meine Sachen draußen.«

Sie hievte einen kleinen, verbeulten Koffer und ein paar Papiertüten herein.

Was hatten sie einander bedeutet? Er achtete genau darauf, daß sich der Name *Virginia* nicht in sein Bewußtsein drängte. Schweigend beobachtete er das Mädchen.

»Ich kann von hier direkt zum Zug gehen«, sagte sie. »Morgen früh. Ich nehm' den um sechs.«

Den Sechs-Uhr-Zug, wohin? fragte sich Townsend. Laut fragte er »Wann kommt er an?«

»Zehn nach sieben«, sagte sie. Doch dann fügte sie fast vorwurfsvoll hinzu, »Das solltest du aber inzwischen wissen.«

Eine Entfernung von einer Stunde und zehn Minuten. Eine Stunde und zehn Minuten von der Stadt entfernt lag der Ort X.

Aber in welcher Himmelsrichtung? Da gab es so viele Möglichkeiten. Im Umkreis von 180 Grad. Nur eine Richtung war ausgeschlossen: der Süden und seine Varianten. Dort lag das offene Meer.

Townsend durfte es nicht wagen, nach dem Namen des Ortes zu fragen, doch er konnte etwas anderes fragen, das ihm vielleicht später half, den Ort ohne sie herauszubekommen. Er dachte sich eine zweite Frage über ihren Zug aus und behielt sie sorgsam für später im Gedächtnis. Jetzt gab es keinen Vorwand dafür; sie wäre zu kraß aus dem Zusammenhang gefallen, doch wenn sich die richtige Gelegenheit ergab, würde er sie sofort stellen.

Inzwischen hatte sie sich im Zimmer umgesehen. »O Danny, das ist eine SCHANDE!«

Er zog die Stirn in Falten, als wolle er sagen, »Was kann man schon erwarten?«

Sie zog ihn näher in den schwachen Schein der Gasflamme. »Laß dich ansehen.«

Er ließ es geduldig über sich ergehen.

Sie zog mit dem Finger die Konturen seines Gesichts nach, als wolle sie ein ›Gefühl‹ dafür bekommen. Sie schien nicht ganz zufrieden. »Danny, irgendwie bist du anders als vorher. Ich frag' mich, wieso?«

Townsend wagte es nicht zu antworten.

Sie setzte sich auf das Bett und vermißte offenbar noch immer so etwas wie gegenseitige Harmonie. Townsend konnte das an der Verwirrung erkennen, mit der sie ihn ansah. »Du wirkst so zugeknöpft. Was ist mit dir los, Danny? Du tust so, als hättest du Angst, was Falsches zu sagen.«

Hab' ich auch, dachte er. Ach, wenn du bloß wüßtest wie sehr!

Sie öffnete die Päckchen, die sie mitgebracht hatte. Es waren Lebensmittel darin. Ein viereckiges Paket entpuppte sich als kleiner Gaskocher. »Ich will, daß du dich von jetzt ab nicht von der Stelle rührst. Du hast jetzt alles, was du brauchst. Es gibt nichts, weswegen du auf die Straße müßtest. Du darfst auf keinen Fall mehr so ein wahnsinniges Risiko eingehen wie heute. Du mußt mir versprechen, daß du das nicht wieder tust.«

Sie bückte sich nun mit dem Rücken zu ihm und stellte die Sachen längs der Fußleiste an die Wand. Es war der einzige Stauraum im Zimmer. Ihr Schatten fiel vor ihr an die Wand. Er sah finster und unheilverkündend aus wie ein Prophet des Untergangs. Dann quäkte draußen irgendwo eine Hupe und zerstörte das Trugbild.

Sie sprach weiter: »Die geben nie auf, vergiß das nicht. Wenn du von ihnen nichts hörst und siehst, mußt du dich am meisten vor ihnen hüten.«

Die. Wer waren *Die*?

Ihre Handtasche lag auf dem Bett, halb unter ihm. Es war nichts darin, was ihm Aufschluß über das hätte geben können, was er wissen wollte. Heimlich machte er den Verschluß wieder zu. Initialen waren jetzt groß in Mode, doch auf dieser Tasche waren keine. Offenbar kam er so nicht schneller voran.

Sie kam zurück, streckte sich neben ihm aus und begann, mit seiner Kragenspitze zu spielen. »Was wirst du nun tun, Danny? Hast du darüber mal nachgedacht?«

»Ich wünschte, ich wüßte es«, antwortete er behutsam ausweichend.

»Man kann dabei nur verlieren, nicht wahr? Warum hast du dir das nicht vorher überlegt?«

»Das große Los ist damit jedenfalls nicht zu gewinnen.« Das traf auf alles zu, also war es auch sicher genug, es jetzt zu sagen. Sie stieß ein schmerzliches kleines Lachen aus. »Für mich jedenfalls nicht, das steht fest.« Sie neigte den Kopf nach vorne und legte die Wange auf seine Brust. Ihr Haar unter seinem Kinn war wie ein weicher, zerzauster Teppich. Townsend starrte gedankenversunken über sie hinweg und hörte zu, was sie sagte. »Ist doch komisch. Ich würde mit keiner andern tauschen, die ihren Freund für immer hat. Man weiß doch nie, ob nicht jede Woche, jeden Tag, jede Minute jemand kommt und ihr ihn wegnimmt. Ich will lieber dich als irgendeinen andern, Danny, selbst wenn ich weiß, daß ich dich bald nicht mehr hab'. Ich komm' her, klopf' an die Tür, und mein Danny ist verschwunden.«

»Nein, nein«, beschwichtigte er sie. »Wir werden schon einen Weg finden.« Er wußte, daß er ihren Redefluß, der unendliche Offenbarungen versprach, nicht unterbrechen durfte.

»Ich frag' mich ja, ob sie *dort* Lunte gerochen haben«, sagte sie als nächstes.

Die Art und Weise, in der sie das *Dort* betonte, sagte ihm, daß es irgendwo in der Nähe war. Die Wohnung in der Watt Street, folgerte er mit ziemlicher Gewißheit.

»Glaubst du das denn?«

»Ich weiß nicht«, sagte sie zweifelnd. »Ich weiß nicht. Zum Glück war meine Schwester grad in der Küche und hat eins der Kinder gebadet, als ich deinen Namen gebrüllt hab'. Ich hätt' mir gleich danach die Zunge abbeißen können, aber es ist mir einfach so rausgerutscht.«

Die Wohnung ihrer Schwester also, ihrer verheirateten Schwester. Sie war dort aus einer Entfernung von einer Stunde und zehn Minuten zu Besuch gewesen – aus einer von nahezu 180 möglichen Richtungen.

»Sie konnte das Kind nicht alleinlassen, nicht einmal, um das Feuer zu sehn. Doch als ich später wieder hochkam, hat sie gesagt: ›Hab' ich dich nicht vorhin Dan schreien hörn?‹ und mir einen mißtrauischen Blick zugeworfen. Ich hab's vertuscht, so gut es ging, und gelacht. Ich hab' ihr erzählt, ich hätt' ein paar Kinder angebrüllt, die 'nen Hund geärgert haben.«

Sie zögerte einen Moment und fügte dann besorgt hinzu: »Ich hoff' nur, sie hat mir geglaubt.«

Die Unterhaltung geriet langsam ins Stocken. Das Mädchen sagte sich leise: »Es ist bestimmt schon spät. Ich darf morgen früh den Zug nicht verpassen.«

Townsend strecke den Arm über den Kopf und drehte an der

Wand hinter sich die Gaslampe aus. Jetzt war da nur noch das vom Straßenlicht an die Wand geworfene Phantomfenster. Nur das und das Murmeln ihrer Stimmen, das jetzt sogar noch leiser war als vorher. Als sie den Zug erwähnte, war die Gelegenheit gekommen, auf die er die ganze Zeit gehofft hatte. Die Gelegenheit, die zweite Frage zu stellen, die er die ganze Zeit über zurückgehalten hatte.

»Auf welchem Gleis fährt er ab?« fragte er so beiläufig er nur konnte.

Wieder gab es einen Rüffel, doch er bekam auch die gewünschte Information. »Das solltest du eigentlich wissen, denn du bist selbst oft genug mit diesen Zügen gefahren. Sie fahren alle von demselben Gleis ab: siebzehn, untere Ebene.«

Zur Lösung einer beliebigen Gleichung braucht man zumindest zwei Komponenten. Townsend hatte nun beide. Eine Stunde und zehn Minuten entfernt, Gleis siebzehn, untere Ebene, sechs Uhr früh. So konnte er den Namen des Ortes herausbekommen.

Sie hatte nun Gleise und Züge völlig aus ihren Gedanken verbannt. Aus ihrer beider Gedanken.

»Du küßt, als ob du an was anderes denkst.«

Nun ja, genaugenommen hatte er sie aus einer Entfernung von einer Stunde und zehn Minuten geküßt. Er holte seine Gedanken zurück und küßte sie noch einmal. »Und was hast du gegen den einzuwenden?« »Daß du ein Zeugnis mitliefern mußt.«

Er fragte sich, wie er ihren Namen herausbekommen konnte. In fast jedem Satz, den er zu ihr sagte, war am Ende, wo ihn der Name abgerundet hätte, eine peinliche Leere. Die Zunge wartete darauf und das Ohr ebenfalls.

Er stellte ihr eine kleine Falle, um zu sehen, ob er ihn ihr so entlocken konnte. Es war eine jener Fragen, die sich perfekt in den Augenblick fügten. »Wenn du deinen Namen ändern könntest, wie würdest du dann am liebsten heißen?« flüsterte er ihr ins Ohr.

Er bekam einen Namen, seinen, nicht ihren. »Das ist nicht schwer zu erraten: Nearing. Mrs. Daniel Nearing.«

Er wiederholte ihn noch einmal für sich. Dan Nearing. Ein weiterer Schlüssel zur Vergangenheit.

Er ließ es darauf ankommen und bemerkte: »Dadurch würde er aber länger, als er jetzt ist.« Nearing war ein verhältnismäßig kurzer Name.

Sie mußte es, wie er gehofft hatte, laut ausprobieren. »Nur einen Buchstaben. Mal sehen: D-i-l-l-o-n, sechs, N-e-a-r-i-n-g, sieben.« Dann sagte sie auf einmal etwas aufgebracht: »He, was soll das sein, ein Buchstabierwettbewerb im Dunkeln?«

»Ich hab' doch nur so dahergeredet«, versuchte er sie zu besänftigen. »Du weißt doch, wie das ist – es ist lange her, seit wir das letzte Mal miteinander gesprochen haben. Ich rede gern mit dir.«

»Sicher, Reden ist ja in Ordnung«, stimmte sie schmollend zu, »Aber es gibt auch noch was anderes als reden.«

Eine ganze Weile sagte er nichts mehr. »Wie ist das, anstelle einer Unterhaltung?« fragte er dann.

»Wenn du mich fragst, bräuchtest du nie mehr ein Wort zu sagen.«

Am nächsten Morgen stellte er fest, daß sein Arm dort, wo sie gelegen hatte, nur Leere umschlang. Doch sie käme wieder, stand auf einem Zettel.

Liebster Danny, Ich mußte den Sechs-Uhr-Zug bekommen und hab's nicht übers Herz gebracht, dich zu wecken. Bis nächsten Donnerstag, und gib bitte in der Zwischenzeit auf dich acht.

Ruth

Sie hieß also Ruth Dillon, der Ort, in den sie fuhr, war eine Stunde und zehn Minuten entfernt. Der Zug, den sie nahm, fuhr von Gleis 17, untere Ebene – und Townsend fühlte sich wie durch die Mangel gedreht.

12

Er wußte, daß es riskant war. Bahnhöfe sind für Leute, die sich verstecken müssen, gefährlich.

Er kam die breiten Stufen von der oberen Plattform herunter, das Kinn auf das Hemd gedrückt, um wenigstens die untere Partie seines Gesichts zu verdecken. Es war so ziemlich die sicherste Uhrzeit, die er gewählt haben konnte – 5 Uhr 45. Der riesige Bahnhof war fast menschenleer. Die Möglichkeit, von unfreundlichen Augen entdeckt zu werden, war geringer als zu irgendeiner anderen Tages- oder Nachtzeit. Allerdings war gerade dadurch die Gefahr auch wieder erhöht. Er fiel auf. Es gab keine Menschenmenge, in der er untertauchen konnte. Es war, als wäre man allein auf einer riesigen Bühne. Man mußte den Blick aller Anwesenden auf sich ziehen.

Er war genau zu derselben Abfahrtszeit hier wie sie einen Tag zuvor, denn das war der einzige Weg, um sicherzustellen, daß der Zug, der jetzt auf Gleis 17 abfahren würde, den gleichen Fahrplan hatte wie ihrer.

Auf den Bänken saßen hier und da ein paar schläfrige Reisende, und eine Handvoll Gepäckträger standen untätig herum. Da Townsend nichts in den Händen trug, sprachen sie ihn nicht an.

Er arbeitete sich von den hohen Gleisnummern zu den niedrigen vor: 23, 21, 19. Da war es, Gleis 17, und der Fahrplan war praktischerweise neben der Sperre angeschlagen. Townsend schob sich auf eine Bank gegenüber und studierte die Liste der Haltebahnhöfe. Die Ankunftszeiten waren nicht angegeben, nur die Abfahrtszeit von hier, sechs Uhr, also mußte er es durch ein Ausschlußverfahren herausbekommen.

Er schaute sich wachsam um, und als völlige Leere auf dem riesigen Bahnsteig herrschte, niemand über den Marmorboden ging, stand er auf und ging zum Fahrkartenkontrolleur. Townsend wählte willkürlich einen Namen von der Anschlagtafel, den genau in der Mitte, der Hälfte der Fahrt.

»Um wieviel Uhr ist der Zug in Claybury?« »6 Uhr 55.«

Eine Viertelstunde zu früh. Er ging zum nächsten über.

»Und wann hält er in Meredith?«

»7 Uhr 05.«

Noch immer nicht. Es mußte der nächste sein.

»Und was ist mit New Jericho?«

Der Kontrolleur wurde langsam unruhig. »7 Uhr 10«, sagte er schroff. Sein Blick fragte: »Wie lange soll das noch weitergehen?«

Townsend war fertig. Er ging fort. Er hatte den Ort herausbekommen. New Jericho war es, woher sie kam und wohin sie fuhr. Er war einen Schritt weiter gekommen. Nun mußte er nur noch so sicher wieder hier herauskommen, wie er hineingekommen war.

13

Es war wieder Donnerstag. Wieder zwei Stimmen im Dunkeln. Wieder das Liebesspiel und der Tanz auf dem Seil.

Sein Plan stand bereits fest, bevor sie kam. Was er herausgefunden hatte, erfüllte ihn mit einem unstillbaren Verlangen, den Vorhang weiter zu lüften. Es war, als hätte er eine lange geruhsame Reise hinter sich gebracht und würde nun in den letzten Stunden vor dem Nachhausekommen verrückt vor Ungeduld.

Zwei wesentliche Dinge galt es heute nacht in Erfahrung zu bringen. Zwei Dinge durfte er wie zwei Laternen tief unten in einem Tunnel nicht aus dem Auge verlieren, gleichgültig über welche krummen, unwegsame Wege sie ihn auch führten. Wo war es geschehen? Wann war es geschehen? Der Ort und die Zeit. Von da aus konnte er weitermachen. Diese beiden Unbekannten brauchte er für seine Gleichung. Hatte er sie erst einmal, konnte er die Antwort herausbekommen. Er mußte sie in Erfahrung bringen.

Selbst als sich ihre Lippen berührten, arbeitete sein Hirn wie ein Uhrwerk: WO UND WANN? WO UND WANN?

Sie stand auf, um die Jalousie herunterzulassen.

Wo und wann? Wo und wann? Wo und wann?

Als sie zurückkam, zögerte sie einen Moment, bevor sie sich wieder zu ihm legte, als wäre in ihrer kurzen Abwesenheit ein Funken Argwohn in ihr entfacht worden. Er spürte es genau. Liebespaare haben in solchen Momenten fast telepathische Fähigkeiten.

»Worüber bist du so sauer?« murmelte er im Dunkeln.

»Wer ist Virginia?«

Er schluckte. »Ich weiß nicht. Woher hast du diesen Namen?«

»Von dir.«

»Das bildest du dir ein.«

Wo und wann? Wo und wann? Wo und wann?

»Ist es eine, mit der du in New Jericho rumgeschäkert hast?« fuhr sie vorwurfsvoll fort. »Oder ist es eine, die du aufgegabelt hast, seit du dich hier in der Stadt versteckst?«

»Ich war die ganze Zeit hier untergetaucht...«

»Aber da oben warst du's nicht«, konterte sie blitzschnell.

Das lieferte ihm die Antwort. Die eine Antwort, die er bereits vermutet hatte. Dort oben war das Wo. New Jericho. Jetzt gab es nur noch eine Laterne, auf die er zusteuern mußte. Wann? Wann? Wann?

Indessen war Ruth noch immer gekränkt. »Dann soll sie dir doch die Lebensmittel besorgen, wenn sie so scharf ist. Das ist ja die Höhe! Ich muß mir den Namen einer andern ins Ohr flüstern lassen, selbst...«

»Psst! Sonst hört man dich noch in dieser Bruchbude. Hör zu, es gibt keine Virginia. Ich kenne keine Virginia. Für mich ist Virginia ein Bundesstaat...«

»Du hast in dem Moment ganz bestimmt nicht an Geographie gedacht!« schäumte sie.

Er nahm ihre Hand, und ihre Unnahbarkeit schwand zusehends. Zuerst saß sie steif auf der Bettkante und wandte ihm den Rücken zu. Dann stützte sie sich, das Gesicht noch immer abgewandt, auf einen Ellbogen, und schließlich verzieh sie ihm ganz, und ihr Kopf sank wieder an seine Schulter.

Wann? Wann? Wann?

»Steck mir auch eine an, wie früher... He, wie deine Augen im Schein des Streichholzes glänzen, Danny. Nein, blas es nicht aus! Laß mich, ich will mir was wünschen... So... Was war's? Du rätst es bestimmt. Daß sie dich nie zu fassen kriegen, daß ich dich für immer für mich behalten kann.«

Immer – ein Wort, das der Zeit gehörte. Das war es, genau das. Lieber schnell danach greifen, vielleicht bekam er diese Chance heute nacht kein zweites Mal.

»Immer ist eine lange Zeit. Wie lange geht das jetzt schon so mit mir? Hast du eine Vorstellung? Ich hab' überhaupt kein Zeitgefühl mehr...«

»Neun Monate sind das jetzt, oder?« Die Frage verleitete sie wieder zu lautem Zählen, eine Schwäche von Menschen mit wenig Schulbildung. »Mal sehen, August, September, Oktober... Ja, am 15. waren's neun Monate. Ich weiß wirklich nicht, wie du's geschafft hast, so lange durchzuhalten...«

Dann ist es, was es auch sein mochte, am 15. August des vergangenen Jahres geschehen.

Wo + wann = Vergangenheit.

14

Er hatte ebensoviel Angst, in den Lesesaal der Bibliothek zu gehen, wie sich auf den Bahnhof zu wagen, obwohl die Atmosphäre wissenschaftlicher Vertiefung und Zurückgezogenheit vom Alltag eher beruhigend war. Doch wer konnte sagen, welche Augen plötzlich aufschauen und sich in jähem Erkennen auf ihn heften mochten?

Als er sich hinter einigen anderen am Ausgabeschalter anstellte, hielt er den Kopf gesenkt.

»Haben Sie alte Zeitungen aus New Jericho hier im Archiv?«

Der Angestellte schaute nach. »Nein, tut mir leid.«

Vielleicht gab es dort gar keine Zeitung. Wer weiß, wie groß der Ort war. Vielleicht bestand er nur aus ein paar Häusern an einer eingemeindeten Kreuzung.

Townsend versuchte es mit einer anderen Frage. »Wissen Sie zufällig, wie die nächstgrößere Stadt in der Nähe heißt?«

Der Bibliothekar schien nicht überrascht, als wäre diese Frage weniger absonderlich als manch andere, die ihm im Laufe seiner Dienstzeit gestellt worden war. »Ich bin mir nicht sicher, aber ich glaube, Meredith müßte die nächste sein.«

»Gut, haben Sie alte Zeitungen von dort im Archiv?«

Der Angestellte schaute nach. »Wir haben den *Meredith Leader*, aber ich weiß nicht, ob unser Bestand vollständig ist. Füllen Sie diese Karte aus und warten Sie dort drüben, am Anschlagbrett, bis ihre Nummer erscheint.«

Townsend schrieb auf die Karte »Meredith Leader, 16. August 1940«, und unterschrieb mit »Allen«. Das mußte das richtige Datum sein, der Tag danach.

Als ihm die Zeitung gebracht wurde, faßte er sie mit spitzen Fingern an. Auf einmal wollte er sie fallenlassen, niemals hineinsehen. Er wollte aus dem Raum fliehen, aus der Tillary Street, vor sich selbst. Die Vergangenheit lag hier in seinen Händen, und er hatte Angst davor. Frank Townsend und Dan Nearing waren schließlich und endlich zusammengekommen.

Was hatte Dan Nearing getan? Townsend nahm die Zeitung mit zu einem der Tische und setzte sich voller Verzweiflung und Resignation hin. Dann schlug er sie auf.

Der Name »Dan Nearing« sprang ihm sofort ins Auge. Er beugte sich vor und fing hinter der schützenden Barrikade seiner ausgestreckten Arme an zu lesen.

Wohltäter ermordet
Brutaler Mord in Vorort-Villa

New Jericho, 15. August. Gestern nachmittag erschoß Daniel Nearing in einem nahegelegenen Landhaus den Mann, der ihm zwei Jahre lang Arbeit und Unterkunft gegeben hatte: Harry S. Diedrich, Mitglied einer bekannten Familie. Die Ehefrau des Opfers, Alma Diedrich, sein jüngerer Bruder William und Arthur Struthers, ein Nachbar, wurden entsetzte Augenzeugen des grausamen Verbrechens, als sie kurz nach ihrer Abfahrt noch einmal zurückkamen, um ihre Zugfahrkarten zu holen, die sie vergessen hatten. Nur mit knapper Not entgingen sie dem gleichen Schicksal. Als der überraschte Täter sie erblickte, lief er aus dem Haus und verfolgte sie. Sie konnten jedoch im Wagen zur Straße entkommen und von Struthers' Haus aus die Polizei alarmieren. Als Constable E. J. Ames und seine Beamten am Tatort eintrafen, war der Mörder bereits geflohen. Die Tatwaffe, eine Schrotflinte, konnte später sichergestellt werden. Emil Diedrich, der Vater des Ermordeten, ein hilfloser Invalide, wurde unverletzt in seinem Rollstuhl in einem Zimmer des Hauses gefunden.

Das Opfer hatte Nearing, dessen Vorleben unbekannt ist, entgegen dem Rat anderer Familienmitglieder aufgenommen und Arbeit gegeben. Zunächst hatte sich Nearing als Mädchen für alles um das Grundstück zu kümmern. In den letzten paar Monaten war er jedoch anstelle eines entlassenen Angestellten mit der Pflege von Diedrichs invalidem Vater betraut worden und wohnte im Haus selbst.

Zur Zeit der Tragödie zählten ferner zum Haushalt: Diedrichs Schwester Adela, die aufgrund eines Nervenleidens zurückgezogen in einem Zimmer im oberen Stockwerk lebt, die Köchin Mollie McGuire und ein Hausmädchen, Ruth Dillon. Die beiden Hausangestellten waren zur Tatzeit nicht anwesend, da sie ihren freien Nachmittag und das Anwesen kurz zuvor verlassen hatten.

Constable Ames' Ermittlungen ergaben, daß Mrs. Diedrich beim Mittagessen den Wunsch äußerte, in die Stadt zu fahren, um Besorgungen zu machen. Ihr Ehemann schlug vor, daß sein Bruder sie nach New Jericho zum Zug fahren solle. Kurz vor 14 Uhr machten sie sich auf den Weg zum Bahnhof. In der Zwischenzeit hatte sich Mr. Diedrich in den Wintergarten zurückgezogen, um dort wie gewöhnlich seinen Mittagsschlaf zu halten. Kurz darauf verließen Mrs. McGuire und Miss Dillon das Haus, um gemeinsam den Bus zu nehmen. Als Nearing zuletzt gesehen wurde, saß er neben seinem Schützling und schien zu dösen.

Auf dem Weg zum Bahnhof begegneten Mrs. Diedrich und ihr Schwager Mr. Struthers, den sie vom Sehen kannten, und boten ihm an, ihn mitzunehmen. Kurz darauf stellte Mrs. Diedrich fest, daß sie ihre Zugfahrkarte vergessen hatte. Sie fuhren zurück, um sie zu holen. Als sie vor dem Haus vorfuhren, hörten sie aus dem Wintergarten einen Schuß. Noch bevor sie aus dem Wagen steigen konnten, kam Nearing, die noch rauchende Schrotflinte in der Hand, aus dem Wintergarten gerannt. Entsetzt fuhren sie, von ihm verfolgt, wieder zur Straße.

Die Polizei stellte am Tatort fest, daß Diedrich auf der Stelle tot gewesen war. Der Kopf des Toten war von der Wucht des Schusses teilweise weggerissen worden. Ein kleiner Safe in der nahegelegenen Bibliothek war gewaltsam geöffnet worden, und der Inhalt lag auf dem Boden verstreut. Ob Geld fehlte, konnte nicht unmittelbar festgestellt werden. Harry Diedrich hatte seit einigen Wochen gelegentlich den Verlust kleinerer Geldsummen beklagt, und die Polizei geht davon aus, daß er dem Dieb eine Falle gestellt hatte, Nearing beim Ausrauben des Safes überraschte, um Hilfe rufen wollte, von dem aufgebrachten Täter mit vorgehaltenem Gewehr zurück in den Wintergarten getrieben und dort erschossen wurde.

Nach der Beschreibung, die Constable Ames erhielt, ist der Mörder mittelgroß, etwa 27–28 Jahre alt, hat hellbraunes Haar und hellbraune Augen und wirkt erstaunlich sanftmütig. Auf seinen linken Handrücken ist ein kleiner blauer Anker tätowiert.

Die Polizei überwacht alle Straßen zur Stadt und rechnet stündlich mit Nearings Verhaftung.

Townsend ließ seinen Ärmel nach vorn gleiten, so daß der kleine blaue Anker darunter verschwand.

Mord! Das Wort zündete in seinem Geist wie eine Leuchtrakete. Eines dieser aufblitzenden Dinger, die bei Feuerwerken vom Nachthimmel sprühen und alles in bleiches, gespenstisches Grün tauchen.

Er fuhr sich mit dem Handrücken über den Mund, als wolle er einen fauligen Geschmack fortwischen. Jetzt war er einer von ihnen. Er konnte nach dem Gesetz getötet werden. Er war ein Mörder.

Es gab weder Zuflucht für ihn, noch Gnade. Die Gesetze des Menschen erfüllten nur das, was das Gesetz Gottes verlangte: »Wer Menschenblut vergießt, des Blut soll auch durch Menschen vergossen werden.«

Er war ein Mörder. Ausgestoßen. Tabu.

Jetzt wußte er Bescheid, jetzt verstand er, was der Mann in Grau, die stille, verbissene Verfolgung, der Überfall auf sein Haus mitten in der Nacht bedeutete. Jetzt hatte sich der Vorhang gehoben, und Townsend sah, was vor ihm lag. Keine persönliche Rache, kein persönlicher Feind pirschte ihm aus den Miasmen der Vergangenheit nach. Es war die Gesellschaft selbst. Dieser Mann mußte von der Polizei gewesen sein. Wer sonst hätte es gewagt, in einer überfüllten U-Bahn-Station eine Pistole zu ziehen und das Türblech eines Wagens zu zertrümmern?

Eine Hand legte sich leicht auf seine Schulter, und die Berührung durchzuckte ihn wie ein elektrischer Schlag. »Hier drin bitte nicht schlafen«, sagte taktvoll eine leise Stimme.

Er hob den Kopf aus den verschränkten Armen. Sein Blick

war gehetzt. Er hatte einen Mann mittlerer Größe zwischen 27 und 28 Jahren mit hellbraunem Haar und hellbraunen Augen gesehen, der mit einer rauchenden Schrotflinte aus einem Wintergarten stürzte.

15

Es war jetzt anders als vorher. Sie waren nicht mehr alleine. Ein Gespenst war jetzt bei ihnen im Zimmer, lag bei ihnen im Bett. Wie nahe er Ruth auch an sich ziehen mochte, es war immer im Weg. Und wenn er sie küssen wollte, küßte er statt dessen sein kaltes, grinsendes Gesicht.

»Warum bist du heute nacht so still? Was ist los mit dir, Danny?«

Er wußte, daß es nur zwei Dinge für in gab: entweder die Stufen zu einem Gebäude mit grünen Lampen am Eingang hinaufzugehen und zu sagen, »Ich bin Dan Nearing«, oder...

Er konnte mit dem Gedanken nicht länger leben.

»Ruth, glaubst du, daß ich das getan habe? Du weißt schon.«

Sie vergrub das Gesicht an seiner Brust. »Drei Leute haben dich mit eigenen Augen gesehen. Ich hab' ja versucht, es nicht zu glauben...«

»Aber wenn ich dir sage, ich war's nicht, würdest du's dann immer noch glauben?«

»Du lieber Himmel, ich würd' mir noch größere Mühe geben, es nicht zu glauben, aber ich weiß nicht, ob ich's könnte.«

»Und wenn ich dir sage, daß ich's nicht war, würdest du mir helfen, es zu beweisen? Würdest du versuchen, mir zu helfen, herauszufinden, wer's wirklich war?«

»O Danny, ich würde *alles* tun, aber wie? Was hast du vor?«

»Ich geh' zurück. Genau dorthin zurück, wo's passiert ist. Nur so kann ich es beweisen. Und du mußt mir dabei helfen.«

In einer einzigen Bewegung floh sie aus seinen Armen und

aus dem Bett und stand dann völlig entgeistert vor ihm im Dunkeln. Ihre Stimme überschlug sich fast. »Nach New Jericho? Zu den Diedrichs? Weißt du, was die mit dir machen? Nein, Danny! Bitte nicht. Mir zuliebe. Bleib hier, wo du wenigstens eine Chance hast.«

»Ich muß. Das ist das Problem. Ich hab' keine Chance, wenn ich hierbleibe. Meine einzige Chance liegt dort oben.«

»Aber Danny, das ist, als ob du den Kopf in die Schlinge steckst. Die übergeben dich sofort der Polizei ...«

»Wenn sie mich sehen«, erwiderte er beharrlich. »Und da kommst du ins Spiel.«

»Danny«, zögerte sie, »das geht nicht, das schaffen wir nie ...«

Er schnitt ihr das Wort ab. »Ich hab' tagelang darüber nachgegrübelt, und mein Entschluß steht fest. Wenn du mir nicht hilfst, geh' ich eben auf eigene Faust. Dann wird's halt entschieden schwieriger. *Ich weiß, ich hab' das nicht getan.* Frag mich nicht warum, ich kann's dir nicht sagen. Ich weiß, daß mich drei Leute gesehen haben. Ich weiß, es steht in den Zeitungen und in den Polizeiakten. Ist mir egal. Ist mir egal, ob die ganze Welt sagt, ich hab' den Mann umgebracht. Ich sag', ich war's nicht. Mein Ich sagt mir, daß ich's nicht war. Ich seh' nicht einfach tatenlos zu, und laß sie was anderes erzählen. Nicht, solange ich noch atmen kann. Ich seh' da nicht einfach tatenlos zu. Ich gehe zurück. Es wird da aufhören, wo's angefangen hat. So oder so. Bist du jetzt für oder gegen mich? Bist du auf meiner Seite oder auf ihrer? Willst du mir helfen oder willst du mich hängen lassen?«

Sie beugte sich im Dunkeln zu ihm hinunter. Ihr Haar glitt nach vorn und strich wie weicher warmer Regen über seine Schultern. Ihre Lippen suchten seine, und bevor sie sich wie zu einem Gelöbnis zum Kuß vereinten, flüsterte sie: »Das mußt du mich nicht fragen. Du weißt doch, daß ich dir helfe, Danny, selbst wenn's das letzte wär', was ich je täte.«

3. Buch

Hinter dem Vorhang

16

Dies war die Nacht, die für seine Rückkehr ins Gestern bestimmt worden war. Der letzte Zug dorthin fuhr um 23 Uhr. Alle nötigen Einzelheiten waren in der Woche davor, bei ihrem letzten Besuch, gemeinsam besprochen worden. Ruth sollte ihm ein paar Sachen zum Anziehen mitbringen, um sein Aussehen so gut es ging zu verändern. Sie sollte direkt vom Bahnhof zu seinem Zimmer kommen. Dort oben, hatte sie sich erinnert, gab es eine Art Verschlag oder leerstehende Hütte. Niemand kam jemals dort in die Nähe. Es war ein gutes Versteck.

Über der Tillary Street lag bereits Dunkelheit, und zum letzten Mal flackerte gespenstisch tanzend das Fensterviereck an der Zimmerwand. Es schien sich, während er wartete und Ruth sich immer mehr verspätete, über ihn lustig zu machen, als wollte es sagen: »Das schaffst du nie. Du kommst niemals hier raus.«

Schließlich hielt er es nicht mehr aus und riß, so sehr er auch durch das Fenster blicken und nach ihr Ausschau halten wollte, die Jalousie herunter, um das verflixte Trugbild zu zerstören. Das Trugbild eines Fensters, wo es kein Fenster gab, eines Auswegs, wo es keinen Ausweg gab.

Doch das brachte sie auch nicht schneller herbei. Er reckte den Hals, um durch den Spalt an der Seite schauen zu können, bis er von der verdrehten Haltung schmerzte. Durch seinen Blickwinkel schien es, als schleppten sich die Menschen auf dem Gehweg dort unten eine schräg abfallende Rampe hinauf und hinunter.

Sie hätte schon vor Stunden in der Stadt ankommen müssen. Sie hatte gesagt, sie sei spätestens bis zum Nachmittag bei ihm, obwohl sie aus Sicherheitsgründen erst mit dem letzten Zug zurückfahren wollten.

Er brauchte sie mehr, als ihr bewußt war. Sie glaubte, daß er früher schon einmal dort gewesen war. Sein Körper ja, doch sein Geist nicht. Ohne Ruth konnte er sich keinen Zentimeter bewegen. Er war hilflos wie ein Blinder, der ohne Führung die Straße überqueren will. Ohne sie konnte er es nicht schaffen.

Und sie kam nicht mehr, das wußte er. Sonst wäre sie längst hier. Sie hatte ihn im Stich gelassen, gewiß nicht absichtlich, doch das half nichts. Er wußte jetzt, daß weder Verrat noch Treulosigkeit im Spiel waren. Ruth war hundertprozentig für ihn da, genau wie Virginia es gewesen wäre, wenn er sie um das gleiche gebeten hätte. Es mußte etwas Unvorhergesehenes dazwischengekommen sein. Vielleicht hatte sie sich dort oben, als sie den verwahrlosten Verschlag für ihn herrichten wollte, ein Bein gebrochen. Vielleicht war auch die Zugverbindung in die Stadt unterbrochen worden. Aber selbst dann waren vier, fünf Stunden ziemlich lange. Oder sie hatte die Stadt zwar sicher erreicht, war aber auf dem Weg hierher zu ihm überfahren worden. Vielleicht lag sie in diesem Augenblick hilflos auf der Unfallstation eines Krankenhauses.

Wieder war das Läuten eines kleinen, irgendwo zwischen den Mietshäusern versteckten Glockenturms zu hören. Townsend zählte die Schläge, obwohl er genau wußte, wie viele es waren.

Dong, dong, dong – acht, neun, zehn. Nur noch eine Stunde Zeit. Das langte noch, um den Zug zu erreichen, wenn er sofort aufbrach. Wenn sie bis jetzt nicht da war, hatte es keinen Sinn mehr, mit ihr zu rechnen. Sie kam nicht mehr. Was sollte er also tun? Hierbleiben und noch eine Woche vermodern? Vielleicht kam sie nächste Woche ja auch nicht. Durchaus möglich, daß er sie nie mehr wiedersehen würde.

Wie konnte er es ohne sie schaffen? Wie konnte er auch nur hoffen, dem Spießrutenlauf des Erkanntwerdens zu entgehen? Er mußte dort oben, am anderen Ende, bekannt sein wie ein bunter Hund. Schon der erste, den er nach dem Weg fragte – und er mußte nach dem Weg fragen –, konnte ihn anzeigen.

Selbst hier in der Stadt herumzulaufen, war riskant. Deswegen hatte Ruth Tarnkleidung für ihn mitbringen wollen. Bahnhöfe waren für ihn am gefährlichsten. Sie waren hell erleuchtet und wimmelten immer von IHNEN, auf der Suche nach Leuten, die entkommen wollten. Sie konnten ja nicht wissen, daß er versuchte, in die Vergangenheit zurückzukehren. Man mußte sich an schmalen, leicht überschaubaren Sperren anstellen, um zu den Zügen zu kommen.

Das Unternehmen alleine, ohne Hilfe, in Angriff zu nehmen, hieß mehr, als eine Verhaftung herauszufordern. Es hieß, sie geradezu heraufzubeschwören. Aber...

Er würde es tun.

Er konnte weder eine Perücke aufsetzen, noch sein Gesicht färben, doch er brauchte etwas, um wenigstens eine reelle Chance zu haben, nicht erkannt zu werden. Moment mal, der alte Kürschner unten im Parterre, der alte, zerschlissene und ausrangierte Pelzstücke sammelte, sie mit Schere und Leim zusammenflickte und dann an die Aschenputtel in der Umgebung für fünfzig Cent oder 1 Dollar pro Stola verkaufte.

Kurz darauf schaute er ihm durch die offene Tür entgegen, die wegen des Geruchs nach Leim, den er zu seiner Arbeit verwendete, immer offenstand. »Hör'n Sie, ich will meinem Mädchen einen Streich spielen, nur so zum Spaß, wissen Sie. Man kann doch hier auf jede Seite, genau vor die Ohren, einen Tropfen Leim geben und einen auf beide Augenbrauen, dann dünne Streifen dunklen Pelz nehmen, Reste, die Sie nicht brauchen, und versuchen, sie so hinzubekommen, daß es aussieht, als wären sie dort angewachsen, oder?«

Der Pelzflicker fuchtelte empört mit den Armen. »Komischer Auftrag, hab' keine Zeit für sowas.«

»Hier ist ein Vierteldollar. Hörn Sie, Sie verstehn was davon, Sie können das.«

Der Kleinhändler schlug den Vierteldollar gegen das blanke Fußbodenbrett und kam dann entgegenkommend mit einem verklebten Pinsel auf Townsends Gesicht zu. »Wie Sie mit dem

Leim hier stinken, wird Sie Ihr Mädchen nicht besonders mögen«, warnte er.

Es dauerte zu lange, eine halbwegs natürliche Wirkung zu erzielen. Der Hut, der so tief hinuntergezogen war, daß nur die schütteren Seal-Koteletten und Augenbrauen darunter zum Vorschein kamen, kaschierte das Fiasko weitgehend. Der hochgeschlagene Kragen bedeckte das Nackenhaar. Er hatte es sogar mit ein paar Streifen auf der Oberlippe versucht, aber das wurde nichts und wurde aufgegeben.

Mehr konnte Townsend nicht tun, und es war wenig genug. Wer ihn kannte, würde ihn sofort wiedererkennen. Es war nur für diejenigen, die sich auf den ersten Blick vielleicht nicht ganz sicher waren. Nur in einer Menschenmenge bestand eine reelle Chance, wenn er Glück hatte. In der unsinnigen Hoffnung, daß Ruth selbst so spät doch noch gekommen war, ging er noch einmal kurz zurück in sein Zimmer. Es war leer. Er mußte allein losziehen.

Er holte tief Luft und rieb sich energisch beide Arme: »Also, auf geht's.« Er langte nach oben und drehte die Gaslampe aus.

Die Tillary Street versank im Dunkel, kehrte in die Vergangenheit zurück, aus der Townsend sie so geduldig ans Licht gezogen hatte.

17

Eine Zeitung, die er während der ganzen Fahrt mit der Untergrundbahn dicht vor den Augen ausbreitete, leistete gute Dienste. Allerdings konnte er sie auf dem Weg von und zu seinem Platz nicht so halten, und daher lag die Gefahr in diesen kurzen Strecken, die er ungeschützt durch die schier endlos scheinenden Reihen aufschauender, ihn gelangweilt musternder Gesichter zurücklegen mußte. Doch nichts geschah. Das Schicksal hielt seine Schläge wohl für die kommenden Runden zurück.

Jetzt der Bahnhof, den er durch die Unterführung erreichte, ein geringeres Risiko als die darüberliegenden Straßen. Als Townsend in die riesige Weite der Bahnhofshalle trat, überfielen ihn mit aller Macht die Symptome der Platzangst. Es kam ihm so vor, als ob die Wände an allen Seiten tausend Meilen entfernt wären. Er hatte das Gefühl, als ginge er allein durch diese endlose Weite aus Marmor und Beton, ohne daß sich irgendetwas anderes bewegte und von seiner Auffälligkeit ablenkte. Er hatte das Gefühl, als strahle ihn von Kopf bis Fuß ein Scheinwerfer an und folge ihm auf Schritt und Tritt durch dieses gewaltige Amphitheater. Und es gab nichts, hinter dem man sich verstecken konnte, nichts, das die Offenheit durchbrach. Und überall um ihn herum lauerten unsichtbar, in einem grausigen Kreis, prüfende Gesichter, die ihn musternd anstarrten.

Er kam zum Fahrkartenschalter, sah, daß es der falsche war, und ging zum nächsten. »Geben Sie mir eine Fahrkarte nach New Jericho.«

»Einen Dollar vierundachtzig.«

Er schaute sich um, während er das Geld aus der Tasche fischte.

Doch der Fahrkartenverkäufer hielt die Fingerkuppe auf den rechteckigen Abschnitt gepreßt, selbst nachdem Townsend jede Münze aus seiner Tasche unter der Scheibe hindurchgeschoben hatte. »Da fehlt ein Penny. Ein Dollar vierundachtzig.«

»Mehr hab' ich nicht bei mir. Ich muß mich verzählt haben. Können Sie nicht...?«

»Ich kann Ihnen keine Fahrkarte verkaufen, wenn Sie mir nicht den genauen Betrag dafür geben.«

»Aber es fehlt doch nur ein Cent. Nur ein Penny. Das kann doch nicht so schlimm sein. Ist doch keine Absicht...« Dieser verdammte Zirkus mit den Augenbrauen war Schuld daran! Sonst hätte Townsend 24 Cent übrig gehabt.

»Wissen Sie, daß ich meine Stellung verlieren kann, wenn ich Ihnen eine Fahrkarte für weniger verkaufe als den aufgedruckten Fahrpreis?« Vielleicht war er ja neu hier. Vielleicht durften sie das ja wirklich nicht.

Es war bereits jemand anderes dazugekommen, stand hinter ihm in der Reihe und hatte wunderbar Gelegenheit, ihn in aller Ruhe zu mustern. »Hören Sie, Sie wollen doch nicht, daß ich den Zug verpasse, nur wegen einem Penny! Es ist schon zwei vor!«

Der Fahrkartenverkäufer hatte einen harten unnachgiebigen Zug um die Augen. »Der Gesamtbetrag jeder Fahrkarte, die ich ausgebe, muß auf Heller und Pfennig hier durch dieses Fenster geschoben werden. Es ist mir völlig egal, ob es ein Penny ist oder sonst was! Was erwarten Sie eigentlich von mir? Soll ich den Betrag vielleicht für SIE aus meiner eigenen Tasche drauflegen?« Townsend sah, wie er sich umdrehte und die Fahrkarte wieder auf den Ständer steckte, aus dem er sie gezogen hatte.

Der Mann hinter ihm stieß ihn leicht an, und plötzlich stand Townsend zu weit vom Schalterfenster entfernt, um weiterdiskutieren zu können. Er schlurfte langsam weiter und hielt sich dabei immer nahe an den Fahrkartenschaltern. Dann kam plötzlich eine Lücke, und Townsend sah einen winzigen Wartesaal voller Bänke. Dort stahl er sich hinein. Er gäbe alles darum, aus diesem großen offenen Rundbau herauszukommen. Er gäbe alles darum, seiner verzweifelten Hilflosigkeit entfliehen zu können.

Er drückte sich außen an der Seite entlang zur hintersten Bankreihe, um dort die Nacht über zu sitzen und zu warten – auf nichts.

Ein Mann stand ihm im Weg, der zitterte oder sich um etwas Sorgen machte. Eine andere Stimme sagte: »Komm, wir haben keine Zeit!« und der Mann stürzte an ihm vorbei. Dadurch wurde ein schmaler Spiegel frei, in dem Townsend sich sehen konnte. Er blieb stehen und beäugte sein Spiegelbild und die falschen Augenbrauen mit distanziertem Interesse, als sähe er einen Fremden, der ihn nichts anging. Unter dem Spiegel hatte sich einer von drei Automatenhebeln verklemmt. Townsend schlug instinktiv und ohne bestimmte Absicht darauf, um ihn auf gleiche Höhe zu bringen. Der Hebel sprang ganz heraus. Ein schwarzer, abgegriffener Penny mit einem Indianerkopf lag in dem kleinen Spender, aus dem eigentlich ein Päckchen Kaugummi hätte kommen sollen.

Er nahm ihn und rannte zurück zum Fahrkartenschalter. Es war 45 Sekunden vor 23 Uhr.

Noch immer sprühte der Haß zwischen den beiden Männern. »Hier ist Ihr Penny, Sie Scheißkerl!« sagte Townsend verbittert.

»Und hier ist Ihre Fahrkarte, Sie dummes Schwein«, fuhr ihn der Mann hinter dem Gitter an.

Townsend drückte sich gerade noch hindurch, bevor sich die Sperre schloß, torkelte den Bahnsteig entlang und erwischte in letzter Sekunde einen Türgriff, als sich der Zug bereits in Bewegung setzte. Der Schaffner öffnete die Tür und ließ ihn einsteigen.

Es war der letzte Zug an diesem Abend, und er war voll. Townsend ging durch den Wagen, in den er eingestiegen war, doch dort war kein einziger Platz frei. Er ging weiter in Richtung Lokomotive und versuchte, einen Platz zu finden, auf den er sinken und sich unsichtbar machen konnte. Im dritten Waggon tappte er beinahe ins Verhängnis.

Zwei Dinge retteten ihn. Zwei winzige Kleinigkeiten, wie sie bereits mehrmals seine Rettung gewesen waren.

Die Rückenlehnen der Sitzbänke in diesen Personenwagen konnten je nach Fahrtrichtung umgestellt werden. Bis auf eine waren alle im Wagen auf beiden Seiten des Gangs nach vorne gerichtet. *Alle außer einer.* Entweder klemmte sie, oder sie war von denen, die darauf saßen, absichtlich in diese Richtung gestellt worden, damit sie sich bequemer mit den beiden Fahrgästen gegenüber unterhalten konnten. Das zweite Wunder war, daß auf dem vierten Platz dieses Doppelarrangements Ruth Dillon saß. Vielleicht hatte sie nur schwer einen Platz finden können und deswegen diesen genommen, auch wenn sie dadurch mit dem Rücken zur Fahrtrichtung sitzen mußte. Sie und der Fremde neben ihr, der sich angeregt mit seinen Freunden gegenüber unterhielt, waren die einzigen Personen im ganzen Waggon, die Townsend das Gesicht zuwendeten und ihn in aller Deutlichkeit sehen konnten, bevor er an ihnen vorbeistolperte.

Sie erkannte ihn sofort, was bewies, welche Zeit- und Energieverschwendung die Augenbrauen aus Pelz gewesen waren. Ihre Augen weiteten sich vor Entsetzen, jedoch nur ganz kurz, und das nicht etwa, weil das Entsetzen nachgelassen hatte, sondern weil sie nicht wagte, sich durch zu auffälliges Starren zu verraten.

Zum Glück erstarrte Townsend mitten in der Bewegung, gerade als sich hinter ihm die Gangtür geschlossen hatte. Das gab ihr Zeit, ganz unauffällig zwei Dinge zu tun, die er vielleicht gar nicht bemerkt hätte, wenn er die Bewegung fortgesetzt hätte. Sie machte eine flüchtige, abwehrende Geste mit den Handflächen, die nur bedeuten konnte: »Komm ja nicht hier rein. Komm ja nicht in meine Nähe.« Dann schielte sie rasch und eindringlich in Richtung Gang. Für Townsend war die Botschaft klar. Sie wollte ihm sagen: »Schau hinter mich. Schau den Gang entlang.«

Er tat es. Zwei Plätze hinter ihr war dieselbe Gesicht-Schulter-Silhouette unter demselben grauen Hut, die ihn in einem anderen Leben gejagt hatte. Ein Anspannen der Halsmuskeln verriet, daß der Mann gerade im Begriff war, sich umzudrehen. Entweder wollte er sich vergewissern, ob Ruth auch wirklich noch dort saß, wo er sie zuletzt gesehen hatte, oder das Öffnen und Schließen der Wagentür veranlaßte ihn zu diesem nachträglichen Blick.

Ein Schritt weiter vor in den Wagen, und Townsend hätte es nicht mehr schaffen können. Selbst so, mit der Tür genau im Rücken, kam er nicht mehr hinaus. Die obere Hälfte war aus Glas, und der Blick hätte Townsend festgenagelt, ohne daß er ihm hätte ausweichen können. Er stieß mit der Schulter die Waschraumtür neben sich auf und war verschwunden. Das Schließen der Tür und das Drehen des Kopfes mußten in ein und demselben Moment erfolgt sein. Es war nichts mehr zu sehen als leerer Raum.

Townsend fuhr den restlichen Weg aus dem einen Bundesstaat in den nächsten in äußerst beengter, unbequemer Stellung. Er stand mit dem Rücken zur Tür und stemmte ein Bein an die gegenüberliegende Wand, um sich abzustützen. Er zählte fünf Stationen und drei erfolglose Versuche, die Tür zu öffnen. Da diese Versuche so schnell wieder aufgegeben wurden, wußte er zumindest, daß nicht seine Nemesis da draußen, der Mann im grauen Anzug, sie unternommen hatte. Allerdings konnte die Tatsache, daß einer Reihe von Leuten der Zugang verwehrt wurde, verheerende Nachforschungen zur Folge haben.

Townsend schwitzte heftig dort drinnen. Zum ersten Mal hatte er jede Möglichkeit verloren, sich frei zu bewegen. So in die Enge getrieben war er selbst in der Nacht nicht gewesen, als sie in seine Wohnung in der Anderson Avenue eingedrungen waren. Dort hatte es wenigstens einen Speiseaufzug und einen Keller gegeben. Außerdem würde er jetzt nicht mehr mitkriegen, wo der Zug jeweils hielt. Bestimmt nicht rechtzeitig genug, um auszusteigen. Das winzige Fenster war oben einen Spaltbreit offen, doch es klemmte, und das Glas war trübe. Die gedämpfte Stimme des Schaffners, der hinter ihm im Wagen die Stationen ausrief, drang nicht bis hierher durch. Und wenn er zu weit über das auf der Fahrkarte angegebene Ziel hinausfuhr, lief er beim Aussteigen Gefahr, von den Bahnbeamten wegen Schwarzfahrens festgehalten zu werden, und das hatte zwangsläufig zur Folge, daß seine Identität enthüllt würde. Alles hing davon ab, ob diesem Wachhund dort draußen nach einer Weile auffiel, daß eine normalerweise zugängliche Tür plötzlich für den gesamten Verlauf der Reise zugesperrt war.

Auf den abrupten Stillstand an der sechsten Station folgte

fast unmittelbar ein flüchtiges Scharren unten an der Tür. Daß es gleich darauf wiederholt wurde, verriet, daß es keine Achtlosigkeit eines Vorübergehenden war, sondern ein Signal sein mußte. Ruth mußte es im Vorbeigehen, vielleicht mit dem Absatz, gegeben haben.

Er öffnete sofort. Ruth hatte mit dem Rücken zur Tür gewartet und so getan, als pudere sie sich die Nase. Sie dreht sich nicht um, sondern sprach in den Taschenspiegel, den sie dabei benutzte. »Ames«, hauchte sie hastig. »Er ist gerade am anderen Wagenende ausgestiegen, um nicht von mir gesehen zu werden. Er ist dort draußen irgendwo auf dem Bahnsteig. Zähl langsam bis zehn, wenn ich den Fuß auf den Bahnsteig gesetzt hab'. Dann steig schnell aus. Hör genau zu. Wir haben nur ungefähr anderthalb Minuten. Draußen an der Wand steht ein Gepäckwagen, der bis oben mit Koffern beladen ist, ganz in der Nähe, nur ein kleines Stück da runter. Ich kann ihn von hier durchs Fenster sehen. Lauf dort rüber und versteck dich dahinter, und rühr dich nicht vom Fleck. Ich glaub', ich krieg' das hin. Wenn ich nicht gleich zu dir kommen kann, hol' ich dich später, sobald ich sicher bin, daß ich ihn abgeschüttelt hab'. Wart dort auf mich, geh nicht weg. Denk dran, bis zehn, langsam.«

Gerade als sie um die Ecke des Vorraums verschwand, ging Townsend auf den Gang hinaus. Er hörte das Klicken ihrer Absätze, als sie die Stahlstufen des Waggons hinunterging. Wie vereinbart, fing er an zu zählen. Eins ... zwei ... drei ...

»Alles einsteigen«, hallte es undeutlich draußen auf dem Bahnsteig. Als er bei zehn war, fuhr der Zug bereits an. Townsend mußte nun zurücklaufen, nicht nach vorn, um hinter den Gepäckwagen zu kommen, der bereits an der Tür vorbeigeglitten war. Gerade als sich Townsend aus dem Schutz der Wagentür löste, stieß Ruth irgendwo weiter vorn, Richtung Ausgang, einen klagenden Schrei aus. Es war Maßarbeit. Er war schlau genug, auf dem kürzesten Weg in sein Versteck zu gehen, konnte es sich jedoch nicht verkneifen, einen Blick auf die Szene zu werfen, die sie da drüben so kunstvoll inszeniert hatte.

Alle Köpfe auf dem Bahnsteig hatten sich zu ihr umgedreht. Ein hübsches Mädchen, das so mit dem Fuß umknickte, auf eine Hand und ein Knie fiel und das auch noch einen Schrei kundtat, zog unweigerlich alle Blicke auf sich, selbst den eines Kriminalbeamten. Von seinem Gepäckwagen aus konnte Townsend sehen, wie sich eine kleine Menschentraube um sie bildete, ihr aufhalf, den Schmutz abklopfte und Mitgefühl zeigte. Dann löste sie sich auf, während am anderen Ende des Bahnsteigs das Stampfen des Zuges verhallte. Der lange Bahnsteig unter seinem Schwarzweißmuster aus dem Licht weit auseinanderstehender Bogenlampen und den Schattenzonen dazwischen wurde still und leer.

Der Sechsachtel-Takt ihrer Absätze war eine gute Viertelstunde später wieder zu vernehmen und unterbrach als einziges Geräusch die Stille während der ganzen Zeit. Kleinstadtbahnhöfe wie dieser waren außer bei der Ankunft eines Zuges wie ausgestorben.

Er lugte aus seinem Versteck, als sie auf seiner Höhe war. »Alles in Ordnung?«

»Alles in Ordnung. Ich war drüben auf dem Platz in Jordans Drugstore und hab' mir ein paar Tropfen Jod auf die Hand machen lassen. Ich hab' einen Vorwand gebraucht, um so lange bleiben zu können. Also hab' ich vorn an der Theke ein Soda getrunken. Er ist schnurstracks aufs Polizeirevier gegangen. Ich hab' ihn durchs Drugstorefenster gesehn. Ein Gutes haben diese Provinzkäffer mit nur einer Hauptstraße. Man kann alles, was passiert, gleich sehen.«

»Bist du sicher, daß er nicht mehr im Dienst ist? Wahrscheinlich überwacht er dich immer noch.«

»Nicht, wenn ich wieder hier bin. Hier draußen, wo ich sieben Tage in der Woche arbeite und schlafe, ist er nicht an mir interessiert. Nur in der Stadt hatte ich ihn die ganze Zeit auf dem Hals. Wahrscheinlich ist er nur deshalb mit demselben

Zug zurückgefahren wie ich, weil der nächste erst um sechs Uhr früh geht. Aber er hat mir ganz schön zugesetzt. Und was für ein Glück wir hatten! Um Haaresbreite hätte ich mich verraten. Eine Minute später, und mir wär' nicht aufgefallen, daß ich ihn geradewegs auf deine Spur geführt hätte. Ich sag's dir, Frank, ich wollt' gerade in den Bus einsteigen, um runter in die Tillary Street zu fahren, da hab' ich ihn gesehen.« Sie seufzte, als sie sich an den Schrecken erinnerte. »Zum Glück hat er nicht mitgekriegt, daß ich ihn gesehen hab', also bin ich einfach in den Bus eingestiegen, als hätt' ich nichts gesehen. Aber meine Füße waren wie gefroren!«

Er sah sie fragend an.

»Ich mußte, es ging nicht anders, nachdem er gesehen hatte, daß ich einsteigen wollte. Ihm wär sofort klar gewesen, daß ich ihn von der Fährte abbringen will, und genau das sollte er nicht denken, verstehst du nicht? Zur Watt Street nimmst du denselben Bus wie zur Tillary Street. Wo ist da der Unterschied? Das Entscheidende war aber, daß ich jetzt wußte, jeder Schritt, den ich mache, wird beobachtet. Also bin ich bei der Wohnung meiner Schwester ausgestiegen, hab' den Nachmittag dort verbracht und dann mit ihnen zu Abend gegessen. Ich hab' meinem Schwager die Sachen in meiner Tasche geschenkt, ihm erzählt, daß ich sie extra für ihn gekauft hab'. So war's. Und weißt du, wo ich den ganzen Abend war, bis eine halbe Stunde, bevor der Zug ging? Im Kino. Irgendwohin mußt' ich ja schließlich, und zwar möglichst weit weg von dir. Ich hab' gewußt, daß ich bis spät abends auf gar keinen Fall in deine Nähe kommen durfte. Ich konnte kein Risiko eingehen.«

»Das war tüchtige Arbeit, Ruth«, sagte Townsend.

Sie errötete bei seinem Lob und fuhr fort: »Du kannst dir vorstellen, wie's in mir aussah. Ich mußte dasitzen und mir Cesar Romero ansehn, und dabei hab' ich die ganze Zeit nur dein Gesicht vor mir gehabt, wie du da unten auf mich wartest. Ames war wahrscheinlich die ganze Vorstellung über irgendwo im Zuschauerraum. Aber er hat keinen Schnitzer mehr gemacht. Nachdem ich in den Bus gestiegen bin, hab' ich ihn erst wieder gesehen, als ich im Zug nach Haus durch die Wagen gegangen bin und einen Platz gesucht hab'. Das ist noch schwieriger, als jemanden zu verfolgen: sich verfolgen zu lassen, ohne daß jemand merkt, daß man's weiß.«

»Was will er von dir?« fragte Townsend.

»Das ist natürlich bloß wegen dir. Er muß den Verdacht haben, daß wir uns sehen. Gott weiß, woher! Laß dir bloß von keinem weismachen, daß die nicht gut sind. Die sind verdammt gut. Das sind Gedankenleser und Zauberer in einem.«

»Sind sie nicht«, höhnte er. »Sie sind nicht mehr als das!« Er schnippte mit dem Fingernagel über seinen Handrücken, daß die Haut zuckte. »Sie können sich auch irren. Sie glauben, ich hab' Diedrich umgebracht, und ich sag', ich war's nicht.«

»Und wenn du das sagst, dann sag' ich das auch. Das Problem ist jetzt nur, wie wir dich hier raus- und dann dorthinbringen.«

»Wie kommst du denn sonst immer hin?«

»Ich nehm' den Bus vom Platz hier, und der bringt mich direkt bis vor die Tür. Aber das kommt für dich nicht in Frage.« Sie schaute sich in der Hoffnung auf eine Eingebung um. »Einen Moment mal, ich hab' zufällig was beobachtet, als ich hierher zurückging. Draußen, gegenüber vom Bahnhof, steht ein Lastwagen. Die Fahrer müssen in Joes Imbißstube sitzen und was essen. Wenn ich rausfinden kann, ob sie in unsere Richtung fahren, könnten wir sie ruhig fragen, ob sie uns mitnehmen. Sie wissen ja nicht, wer wir sind, denn sie sind nicht hier aus der Gegend und nur auf der Durchfahrt. Komm, gehen wir um den Bahnhof 'rum, nicht durch den Warteraum. Der Vorsteher hat Feierabend, aber da muß noch irgendwo ein Gepäckträger sein.«

Er folgte ihr um das gepflegte, einstöckige Bahnhofsgebäude. Sie blieb stehen und deutete in die betreffende Richtung. »Siehst du ihn? Gleich da unten? Den hab' ich gemeint.«

Voller Bewunderung drückte er ihren Arm. »Du siehst aber auch alles.«

»Das muß man auch, wenn man auf jemanden aufpaßt, den man liebt«, sagte sie mit größter Selbstverständlichkeit. »Da sind sie. Kommen gerade raus. Bleib hier unterm Vordach, bis ich gefragt hab'. Wenn's in Ordnung geht, wink' ich dir. Komm dann schnell rüber, bleib nicht länger auf offener Straße als unbedingt nötig. Ames sitzt sicher noch die halbe Nacht drin und schreibt seinen Bericht, aber man weiß ja nie ...«

Er sah sie hinübergehen und kurz mit einem der beiden Fahrer sprechen. Dann tippte der Bursche mit der Hand an seine Kappe, und gleich darauf hob sich eine Hand in einem weißen Handschuh, um Townsend in der Dunkelheit ein Zeichen zu geben.

»In Ordnung, Jimmy«, rief Ruth über den Lärm des warmlaufenden Motors hinweg. »Die Jungs hier haben gesagt, sie nehmen uns bis zu unserem Arbeitsplatz mit. Ich hab' ihnen erzählt, was mit deiner Brieftasche passiert ist. Du mußt hinten einsteigen. Vorne ist nur Platz für drei.«

Townsend drückte den hilfsbereiten Fahrern seinen Dank aus, indem er, ohne näher heranzukommen, zu einer der beschürzten Gestalten hin salutierte, die nur undeutlich neben Ruth zu erkennen war.

Praktischerweise war die Ladeklappe heruntergelassen. Sie machten die Rückfahrt offenbar ohne Ladung. Townsend kletterte hinauf, schob sich noch ein Stück weiter vor, bis auf die Ladefläche des Lastwagens, und lehnte sich dort an. Ein großes Schattendreieck hüllte ihn von den Knien aufwärts schützend ein.

Sie rumpelten los, und das Dorf New Jericho, von dem bis jetzt kaum etwas zu sehen gewesen war, verschwamm unter den Bogenlampen zu einem Schachbrett aus Licht und Schatten. Dann spulte sich hinter ihm das Band der Landstraße ab; rechts und links bildeten Bäume schwarzes Flechtwerk, ab und zu kam ein Haus, und über ihm war ein Meer von Sternen.

So ging es gut dreißig bis vierzig Minuten, ohne Pause. Es schien ihm zumindest so, obwohl es auch weniger gewesen sein mochten. Einmal bereitete ihm ein Personenwagen, der von hinten näher kam und sie überholte, ein paar unangenehme Augenblicke. Seine Scheinwerfer warfen einen großen gelben Kreis an die ihm gegenüberliegende Innenwand des Lastwagens. Als der Wagen zum Überholen ausscherte, wanderte das Licht hinüber auf die andere Seite. Townsends Beine wurden davon überflutet, und es begann, an ihm hochzukriechen. Er zog die Knie an, vergrub den Kopf dazwischen und schlang die Arme darum, als wäre er im Sitzen eingeschlafen. Der Wagen fuhr vorbei, und Townsend richtete sich wieder auf.

Etwa fünf Minuten später kam der Lastwagen mit geräuschvollem Rütteln zum Stehen, und Ruths Stimme drang laut durch das Dröhnen des Motors zu ihm nach hinten. »Vielen Dank, Jungs. Ihr habt uns gerettet. Kommst du, Jimmy?«

Er schwang sich von der Ladefläche hinunter, und kurz darauf standen beide allein in einer kleinen Abgaswolke an der Straße. Ruth rieb sich die Hüfte, die offenbar vom verkrampften Sitzen schmerzte.

»Mir ist das Herz in die Hosen gefallen. Hast du gesehen, wer da vor einer Weile an uns vorbeigefahren ist?«

»Ich hab' den Kopf eingezogen.«

»Bill und Alma Diedrich! Ich hab' ihren Wagen erkannt. Also das treiben sie, wenn ich einen Abend frei hab' und sie sich zu Haus' um den alten Mann kümmern sollen. Das ist wirklich kriminell, Danny! Weißt du, daß keine Menschenseele bei dem hilflosen alten Mann im Haus ist außer der verrückten Schwester Adela? Und wenn die jemals aus ihrem Zimmer kommen sollte, weiß kein Mensch, was sie ihm antun würde. Alles mögliche könnte passieren. Durch einen Kurzschluß könnte ein Brand entstehen, oder...«

Vielleicht, fragte sich Townsend insgeheim, wären sie darüber nicht allzu traurig.

Ruth deutete auf eine asphaltierte Abzweigung, die ein kleines Stück hinter ihnen lag und nur undeutlich zu erkennen war. »Das ist der Weg, den ich sonst immer nehme. Mach schnell, damit wir hier fortkommen, ehe man uns sieht. Wir haben noch einen langen Weg vor uns.«

Townsend konnte nicht anders. Er mußte lange in diese Richtung zurückblicken. Das war also der Weg, der zum Mord führte. Mitten darüber schwang ein Schild an einer unsichtbaren Halterung. Er stellte sich vor, was daraufstand: Privatbesitz. Durchfahrt verboten.

Sie überquerten die Straße, gingen aber noch ein ganzes Stück am Straßenrand weiter, im Gänsemarsch, sie voran. »Es gibt einen wesentlich kürzeren Weg«, erklärte sie, »über einen Pfad, der direkt vom Haus zur Hütte führt, aber ich will dich nicht so nah heranbringen, wenn's nicht unbedingt sein muß. Wenn die beiden gerade erst vor uns zurückgekommen sind, sind sie vielleicht noch auf, und es könnte dich einer von ihnen vom Fenster aus sehen.«

Die Hauptzufahrt lag schon so weit hinter ihnen, daß sie fast nur noch Erinnerung war, und Ruth ging immer noch vor ihm her. Wenn sie ebenso lang war wie die Grundstücksgrenze entlang der Landstraße, dann war es ein beachtlicher Privatbesitz! Schon fast ein kleiner Landkreis. Endlich blieb Ruth stehen. »Hier ist die Grundstücksmarkierung. Siehst du sie da vorn? Dieser weiße Kreis um den Baumstamm? Hier biegen wir jetzt ein. Wir müssen uns erst ein kurzes Stück durchs Dickicht schlagen, und dann macht der Pfad, von dem ich vorhin gesprochen hab', eine scharfe Kehre, und wir können den Rest der Strecke darauf weitergehen.«

Jetzt ging er voran, um sie vor lästigem Gestrüpp oder falschen Tritten zu schützen, während sie ihn von hinten über die Schulter in die richtige Richtung dirigierte.

»Wie kommt's, daß sie das Grundstück nicht eingezäunt haben?« fragte er. »Wieso lassen sie's einfach offen, so daß jeder reinkann ...?«

»Wahrscheinlich zu knickrig. Es ist schon seit Peter Stuyvesant oder so in ihrem Besitz. Du kennst doch diese alten Familien. Sie leben kaum besser als meine Schwester in der Watt Street. Die würden keinen roten Heller für Verbesserungen oder Unterhalt ausgeben, und wenn sie's umbrächte! Höchstens der alte Mann, wenn er sagen könnte, was er will.«

Nach ein paar weiteren Minuten traten sie unversehens auf einen kleinen, verwahrlosten Pfad, der unter einer Schicht von Blättern und Zweigen kaum sichtbar war. »Ab hier ist jetzt alles ein Kinderspiel«, versprach sie.

Der Pfad schlängelte sich an einem zweistöckigen Gebäude vorbei, einem leerstehenden Gutsverwalterhaus. Das untere Stockwerk bestand aus grob behauenen, vermörtelten Steinblöcken, das obere aus Holzbalken, mit einem schrägen Dach. In den Fenstern fehlten überall die Scheiben, und die Tür war ebenerdig. Sie blieben davor stehen.

»Gib mir ein Streichholz, Danny. Ich hab' direkt hinter der Tür eine Kerze auf den Fußboden gestellt, als ich heut' nachmittag hier draußen war.«

»Hast du sie?«

»Komm rein und mach erst die Tür zu.«

Dunkelheit hüllte sie ein wie ein Federkissen. Dann leuchtete der kleine Stern einer Streichholzflamme zwischen ihren Fingern auf, weitete sich zur Kerzenflamme, streckte wabernde Tentakel aus und zeichnete die Umrisse des Raums in dunkelgelber Tusche. Das Licht füllte den gesamten unteren Raum aus, konnte jedoch nicht in die Ecken dringen.

»Wie kommt man da hoch?« Er konnte den schwarzen Fleck einer offenen Klappe an einer Seite der Decke erkennen.

»Gar nicht. Früher ging da eine Leiter hoch, aber jemand muß sie weggenommen haben. Die Bude ist uralt. Ich bin mir nicht sicher, ob der Fußboden da oben überhaupt noch halten würde. Du mußt wohl hier unten bleiben, Danny.«

»Was ist mit den Fenstern?«

»Da hab' ich getan, was ich konnte. Die vorderen, die man

vom Haupthaus sehen kann, hab' ich mit grünem Filz von einem kaputten Billard-Tisch bespannt, den ich unten im Keller gefunden hab'. Die hinteren mußte ich lassen, wie sie sind. Du liegst hier sowieso nicht direkt im Blickfeld vom Haus, allerdings mußt du aufpassen, daß keiner da draußen rumschleicht und Licht durch einen Spalt sieht. Ich hab' die ganze Woche über Sachen hierher geschmuggelt, unter dem alten Mann im Rollstuhl.« Sie lächelte leicht. »Manchmal saß er zehn Zentimeter höher als sonst, aber zum Glück hat's niemand gemerkt. Ich hab' ihn jeden Tag für ein bis zwei Stunden hierhergefahren und ihm vorgelesen. Aber solang' sie ihn aus den Augen haben, ist's ihnen schnurz, wohin ich ihn fahre. So viel machen sie sich aus ihm.«

Sie zeigte auf eine doppelte Lage Decken auf dem Boden, die über einen Unterbau von Mehl- und Kartoffelsäcken gebreitet waren. »Das war das Beste, was ich in dieser Richtung für dich tun konnte, Danny. Ich hab' dir das Bettuch von meinem Bett gegeben. Du hättest auch noch die Matratze haben können, aber sie war zu groß, um sie heimlich herzuschleppen.«

Er nahm sie in die Arme. So umschlungen standen sie dort schweigend zusammen. Er fand keine Worte, die er ihr hätte sagen können, doch sie schien zufrieden.

»Ich geh' jetzt besser zurück«, sagte sie.

»Kommst du ins Haus, oder mußt du sie wecken?«

»Ich hab' meinen eigenen Hausschlüssel.«

»Sollte ich dich nicht lieber ein Stück begleiten? Dieser Weg da draußen kam mir eben verflixt einsam vor.«

»Nach all der Mühe, die ich hatte, dich herzubringen, ohne daß dich jemand sieht? Kommt nicht in Frage! Mir passiert schon nichts, auf dem Weg ist nie jemand. Mach die Kerze aus, bis du die Tür wieder zumachen kannst.«

Er ging ein paar Schritte mit ihr hinaus. »Wann seh' ich dich wieder?«

»Ich fahr' ihn jeden Morgen ungefähr um elf spazieren. Dann schleich' ich mich rüber.«

»Geh nur kein unnötiges Risiko ein.« Er schaute ihr nach, bis sie auf dem Pfad in der Dunkelheit verschwand. Dann ging er hinein und machte die Tür hinter sich zu.

Als er die Kerze wieder angezündet hatte, sah er sich in dem in unheimliches Zwielicht gehüllten Raum um. Dann zog er den Mantel aus und rollte ihn zu einem Kopfkissen zusammen. Er lächelte bitter. »Zurück ist der Mörder«, parodierte er leise, »zurück von der See.«

18

Als er aufwachte, hatte er das Gefühl, als öffne er die Augen in einer Grotte. Alles war blau und dämmrig. Seine Knochen schmerzten von dem Bretterboden, und sein Hals fühlte sich an, als sei er für immer abgeknickt. Er entrollte sein Kopfkissen und schlüpfte mit den Armen in die Ärmel. Dann nahm er die grünen Filzstücke von den Fenstern. Ruth hatte nur Reißnägel benutzt. Wenn sie jemand von außen sah, würde er gewiß stutzig.

Da es kein fließendes Wasser im Haus gab, mußte er welches suchen gehen. Draußen war eine bewaldete Wiese mit vielen großen, gelichteten Mulden, die von warmem Sonnenschein überflossen. Zwei weiße Schmetterlinge verfolgten einander und sorgten damit für die einzige Bewegung, so weit das Auge schauen konnte. Das Haupthaus war außer Sicht.

Schließlich fand Townsend, wonach er gesucht hatte. Es war ein kleiner Bach, nicht viel dicker als ein Seil, doch das Wasser war klar und erfrischend. Er wusch sein Gesicht und trank ein wenig aus der Hand. Dann füllte er zum Kaffeemachen eine leere Kanne damit.

Ruth schien an alles gedacht zu haben. Drüben im Haupthaus hatten sie bei den Mengen, die dort aus der Speisekammer verschwunden sein mußten, sicher geglaubt, daß Geister umgingen. Kaffee, Dosenmilch, Speck, Bohnen, sogar eine

Dose Zucker. An einem Ende des Raumes war ein Kamin aus Naturstein, und dort machte er ein kleines Reisigfeuer und hielt die Glut, solange es ging, um seinen Kaffee darauf zu kochen. Er traute sich nicht, größere Holzstücke zu nehmen, um sich nicht durch einen rauchenden Kamin zu verraten.

Er rasierte sich gerade blind über einer Blechdose mit lauwarmem Wasser mit dem Rasierer mit dem auswechselbaren Kopf, den er in seiner Brusttasche von der Tillary Street mitgebracht hatte, als er in regelmäßigen Abständen ein Rascheln vernahm. Es hörte sich an, als schlittere jemand in der Stille über den Boden.

Townsend machte einen Satz zur Tür, duckte sich und spähte durch den Schlitz. Es waren lediglich die Gummireifen eines Rollstuhls, den Ruth den Weg heraufschob.

Townsend ging hinaus und schaute wie gebannt hin. In dem Rollstuhl saß ein regungsloses Geschöpf in Menschengestalt, das ebensogut aus geschickt geformtem rosa Teig hätte sein können. Das einzig Lebendige an ihm waren die Augen. Zwischen ihnen und dem dazugehörigen Körper bestand ein solcher Kontrast, daß Townsend einen Moment lang dem Trugbild erlag, daß Ruth nur zwei einzelne Augen vor sich herschob, die in einer gewissen Höhe über dem Rollstuhlsitz schwebten.

Sie schauten einander in spannungsgeladener Stille an, der Entwurf eines menschlichen Wesens und die fertige Ausführung durch den Architekten.

Ruth sagte in dem etwas eintönigen Tonfall, den man oft bei Kindern, Behinderten oder Stummen benutzt: »Schauen Sie, wer da ist? Sehen Sie? Ihr alter Freund ist wieder zurück. Sind Sie froh, ihn wiederzusehen?«

Es schien, als könnten jene Augen nicht noch mehr glänzen, als sie es ohnehin schon taten, und doch gelang es ihnen. Dann sagte Ruth in einem wärmeren, lebendigeren Ton: »Wie ist es gegangen, Danny?«

»Reibungslos, Ruth. Du hast an alles gedacht.«

»Ich konnte die ganze Nacht kaum schlafen, solche Sorgen hab' ich mir gemacht.«

»Warum?«

»Dich so in die Nähe zu bringen, so ein Risiko einzugehen. Je mehr ich drüber nachdenke, um so hirnverbrannter kommt's mir vor. Du hast mich letzte Woche da unten einfach überredet. Das hier ist wahrhaftig der letzte Ort auf dieser Welt, wo du dich rumtreiben solltest!«

Townsend lächelte spöttisch und gab keine Antwort. Er sah Ruth zum ersten Mal in ihrer Arbeitskleidung. Eine richtige Kluft war es nicht, eher eine Andeutung davon. Sie trug ein Kleid aus einem gelben, steif gestärkten Stoff, und darüber kreuzten – wie bei einem Grenadier – zwei weiße Streifen ihre Brust, und eine Schürze in derselben Farbe war um ihre Taille geschlungen. Er fand, daß sie dadurch gewann. Es nahm ihr das schmuddelige Aussehen eines Mädchens aus den Mietskasernen der Watt Street.

»Ah, er wartet drauf, daß du ihn begrüßt«, sagte sie mitleidvoll. Sie beugte sich vor, um nach ihrem Schützling zu sehen. »Du darfst ihn nicht enttäuschen, Danny!« drängte sie klagend. »Sieh doch, wie er dich drum bittet! Ich weiß genau, was er will.« Sie lachte, beugte sich vor und schlug sich auf die Knie. »Erinnerst du dich nicht mehr an den Schwall von Flüchen, mit denen du ihn immer bedacht hast? Du hast sozusagen dein ganzes Vokabular runtergebetet, wenn niemand in der Nähe war. Nicht weil du sauer oder böse auf ihn warst, einfach so, auf lokkere, gutmütige Art. Aber was für Wörter!« Sie kicherte bei der Erinnerung daran. »Es war so eine Art Code zwischen euch beiden. Ihm hat die Beschimpfung richtig Spaß gemacht. Ich glaub', es war so 'ne verdrehte Art, ihm zu zeigen, daß du ihn magst. Mach schon, sag ihm guten Tag. Ich verdrück' mich solange.«

Sie ließ den Rollstuhl los und schlenderte ziellos davon. Die Augen über dem Stuhl funkelten.

Es hätte lustig sein sollen, doch das war es nicht. Für Townsend war es ergreifend, ja fast tragisch. Er fühlte sich hilflos, von unsagbarer Trauer erfüllt.

Er öffnete mit zwei Fingern seinen Kragen, schluckte hart und begann mit unsicherer, gequälter Stimme, doch nach einer Weile ging es flüssiger. Es war eine erstklassige Vorstellung.

Die Augen des alten Mannes tanzten vor heller Freude, als Ruth zu den beiden zurückkehrte, und Townsend wischte sich die Stirn.

»Ist doch wunderbar, welche Freude man ihm mit Fluchen bereiten kann, nicht wahr?« sagte sie leise.

Später, als sie dort draußen zu beiden Seiten des Rollstuhls saßen, bemerkte Townsend plötzlich: »Warum blinzelt er dauernd so merkwürdig?«

»Die Sonne wird ihn wohl blenden.« Ruth drehte den Stuhl ein wenig herum.

»Seine Augen haben überhaupt keine Sonne abgekriegt«, sagte er.

Ruth beugte sich vor, um nachzusehen. »Jetzt macht er's nicht mehr. Das muß es also gewesen sein.«

Townsend rauchte einen Moment weiter und beobachtete schweigend den regungslosen Kopf. »Da ist es wieder«, sagte er auf einmal mit gedämpfter Stimme.

»Vielleicht werden von der Überanstrengung jetzt auch seine Augen schwächer.« Sie legte besorgt die Finger an die Lippen: »Die arme Seele, sie sind alles, was er noch hat!«

Townsend runzelte die Stirn, als Ruth sich wieder so hinsetzte wie vorher. »Immer, wenn du ihn ansiehst, hört er damit auf. Offenbar macht er es nur, wenn ich ihn beobachte.«

»Vielleicht will er dir nur zeigen, wie glücklich er ist, daß du wieder hier bist. Welche Möglichkeit hat er denn sonst, es zu zeigen?«

»Er ist *nicht* glücklich«, beharrte Townsend. »Er hat Tränen in den Augen.«

»Ja, er weint«, stimmte sie ihm zu. Sie nahm ein Taschentuch aus der Seitentasche des Rollstuhls und tupfte dem stummen Götzenbild sachte die Wangen ab. »Was will er von dir?«

»Ich weiß nicht«, sagte Townsend hilflos.

»Da muß etwas sein, womit du ihn enttäuscht hast.«

Da muß etwas sein, dachte er, da muß etwas sein, doch wer konnte ihm sagen, was es war? Der einzige von ihnen dreien, der es wußte, konnte nicht sprechen.

Ruth entschuldigte sich dafür, daß sie sich andauernd Sorgen machte. Hinten, im Haupthaus, hätte man das offensichtlich für töricht gehalten. »Ich kann's nicht sehen, wenn er weint. Hören Sie jetzt auf damit, hören Sie, Mr. Emil? Es ist schon lange her, seit Danny das letzte Mal mit Ihnen zusammen war. Man kann wirklich nicht von ihm erwarten, daß er jede winzige Kleinigkeit genauso wiederholt wie vorher. Sie werden wie die Kinder«, bemerkte sie mitleidig beiseite. »Hast du ihm sonst immer was aus deiner Tasche gegeben? Weingummis oder Hustenbonbons vielleicht?«

»Ich kann mich nicht erinnern«, sagte er wahrheitsgetreu und völlig hilflos.

19

Ein leises unerwartetes Klopfen an der Tür, lange nach Einbruch der Dunkelheit, führte bei Townsend fast zu einem Kurzschluß. Er hatte dagesessen und ruhig in den schwarzen Kamin geraucht, als er es ohne vorwarnende Schritte vernahm. Er löschte die Kerze durch einen raschen Schlag mit der Handfläche, fuhr von der Packkiste hoch, auf der er gesessen hatte, und stand breitbeinig darüber, still und angespannt.

»Dan«, schien draußen die Nacht zu hauchen, »ich bin's.« Oder war es nur eine Sinnestäuschung? Er ging zur Tür, nahm den Stuhl fort, mit dem er sie verbarrikadiert hatte, und legte das kurze Brecheisen hin, mit dem er sich bewaffnet hatte.

»Sie sind vor etwa einer dreiviertel Stunde ausgegangen. Ich hab' Mr. Emil schon ins Bett gebracht, und die Gelegenheit war einfach zu günstig, um sie zu verpassen. Ich mußte einfach für ein paar Minuten rüberkommen und sehen, wie du zurechtkommst. Außerdem hab' ich noch ein paar Vorräte rausgeschmuggelt, falls deine knapp werden.«

»Wieso hab' ich dich nicht kommen hören?« fragte er und half ihr, den großen Karton über die Schwelle zu tragen.

»Vielleicht, weil ich flache Schuhe anhab'. Hör zu, Dan, ich muß dich warnen. Du mußt mit der Kerze vorsichtiger sein. Am besten deckst du sie ab oder so. Zum Weg hin darf kein Licht nach draußen kommen. Ich hab' deutlich einen gelben Schimmer gesehen, als ich da oben auf dem Weg um die Ecke gebogen bin. Unter dem Fensterrahmen muß ein Riß sein, und wenn's jemand anderes gewesen wäre ...«

Townsend schien an etwas anderes zu denken. »Wohin sind sie gegangen, hast du eine Ahnung?«

»Nein, ich weiß nicht. Sie haben nichts gesagt.«

»Haben sie den Wagen genommen?«

»Ja, aber das heißt gar nichts, den müssen sie von hier draußen immer nehmen, egal, wohin sie wollen. Wieso? Was hast du vor?« Offenbar gefiel ihr die Richtung nicht, in die seine Fragen steuerten.

»Ich will, daß du mich dort drüben reinläßt, während sie fort sind. Ich will, daß du mir das Haus zeigst, Ruthie.«

Sie war entsetzt, hatte sofort wahnsinnige Angst um ihn.

»Nein, Danny, nein! Sei vorsichtig!«

»Du hast gesagt, sie sind ausgegangen, oder?«

»Aber man weiß doch nie, sie können jede Minute zurückkommen. Was ist, wenn sie dich plötzlich überraschen? BITTE, Danny, tu's nicht.«

Mit stiller Entschlossenheit, die keinen Widerspruch duldete, sagte er: »Bring mich rüber, Ruthie. Ich will es sehen. Wenn du's nicht tust, dann geh' ich ohne dich, auf eigene Faust.«

»Du bist völlig übergeschnappt«, jammerte sie, als sie ihm zögernd aus der Hütte folgte und die Tür hinter sich zuzog. Als sie dann in der Dunkelheit Seite an Seite den Weg hinuntergingen, schalt sie nörglig: »Anstatt ständig hier herumzulungern, bis schließlich irgendwas passieren MUSS, solltest du tausend Meilen weit weg sein und zusehen, daß es jede Minute mehr werden, solange du noch die Gelegenheit dazu hast. Du verdienst gar nicht, daß dir nichts passiert, weil du das Unglück jedes Mal mehr herausforderst. Ich weiß nicht, warum ich mir überhaupt Gedanken um dich mache!«

»Das weiß ich auch nicht«, pflichtete er ihr bei und packte ihren Arm fester. »Aber gottlob machst du dir welche!«

Endlich kam die Silhouette eines Hauses auf sie zugeglitten. Es ragte vor einem silberhellen Wolkenhimmel auf, der von einem verdeckten Mond indirekt beleuchtet wurde. »Das ist es also«, sagte er leise. Sie warf ihm einen forschenden, überraschten Blick zu. Sie wußte ja nicht, daß er es zum ersten Mal sah. Die letzte Filmrolle war unterbelichtet. Er hatte kein Bild davon bekommen können.

Er ging dicht hinter Ruth zur Haustür. Es lief ihm merkwürdig kalt den Rücken hinunter. Jetzt endlich ging er mitten ins Herz der Vergangenheit zurück, in ihren innersten Kern.

Ruth holte ihren Schlüssel heraus, öffnete und stieß Townsend ungeduldig vor sich hinein, während sie ängstlich über die Schulter zurückschaute. »Geh zuerst rein, bevor ich das Licht anschalte. Geh da rüber, wo man dich durchs Fenster nicht sehn kann.«

Das Licht ging an, und zum ersten Mal sah er die Stätte des Verbrechens. Zum ersten Mal sah er, Frank Townsend, den Ort, an dem Dan Nearing einen Mord begangen hatte.

Das Haus mußte uralt sein und war ziemlich heruntergekommen. Es hatte etwas Schwermütiges, ja Bedrückendes an sich, als wäre hier im Laufe der Generationen nicht viel gelacht worden. Es vermittelte weniger offenen Haß, als vielmehr Trübsinn, Ohnmacht und Enttäuschung. Es lag ein aufreizender Hauch von Gardenienduft in der Luft. Er war so vage, daß man ihn nicht wahrnehmen konnte, wenn man darauf achtete. Er überfiel einen nur, wenn man nicht mehr daran dachte.

Ruth machte in einem Zimmer auf der linken Seite das Licht an. »Das war Mr. Harrys Bibliothek und Arbeitszimmer – erinnerst du dich?« Er sah, wie sie auf eine gestrichene, in die Wandverkleidung eingelassene Metallplatte schaute, den Blick dann aber beschämt sinken ließ. Er wußte, was sie dachte: Es war der Wandsafe, den er ausgeraubt haben sollte.

Ruth löschte die Lichter, und sie gingen seitlich durch die Eingangshalle. »Das Wohnzimmer, noch genauso wie damals, als du hier warst.« Sie gingen weiter in das Haus hinein. »*Er* ist hier drin. Willst du ihn sehn?« Sie machte das Licht an. Der alte Mann lag auf einem Bett von solch riesigen Ausmaßen, daß er darin ganz verloren wirkte. Er schien zusammengesunken wie eine Gliederpuppe. Die Augen waren geschlossen, und das Gesicht wirkte im Schlaf natürlicher, als wenn er wach war. Bei einem schlafenden Gesicht macht man einige Zugeständnisse; man geht davon aus, daß es maskenhaft wirkt. Der leere Rollstuhl stand dicht am Bett.

»Wir lassen ihn nachts jetzt hier unten in diesem kleinen zusätzlichen Wohnzimmer. Nicht wie zu deiner Zeit. Der Rollstuhl ist mir zu schwer, um ihn zweimal am Tag die Treppe rauf- und runterzuschleppen.«

»Bringst du ihn zu Bett? Wie machst du's mit dem Ausziehen?«

»Das könnt' ich nicht, das wär' auch nicht so angenehm. Ich heb' ihn ins Bett und wieder raus, er wiegt ja nicht viel. Wir lassen ihn in diesem sackartigen Flanellding. Es ist eigentlich wie ein Schlafsack, und tagsüber, wenn er auf ist, zieh' ich ihm nur einen Hausrock an und leg' eine Wolldecke drüber. Mr. Bill wechselt alle zwei bis drei Tage sein Korsett – obwohl ich ihn meist dran erinnern muß. Es ist grausam, wenn man so hilflos auf die Gnade anderer Leute angewiesen ist.«

Als ihre Hand zum Lichtschalter griff, hatte Townsend, als

er sich umdrehte, einen kurzen Augenblick lang den Eindruck, daß eines der friedlich geschlossenen Augen sie verschmitzt anschaute, doch die Dunkelheit folgte zu rasch, um sich vergewissern zu können.

Sie gingen wieder hinaus, und am Fuß der Treppe zögerte Townsend. »Geh nicht rauf, Dan«, bat sie inständig. »Dein Fluchtweg ist abgeschnitten, wenn sie unerwartet zurückkommen. Dort oben ist nichts außer den Schlafzimmern.«

»Was ist das? Ich hab' gedacht, ich hätte jemand da oben rumschleichen hören.«

»Du weißt doch, das ist Miss Adela, sie...« Ruth machte mit dem Finger eine kreisende Bewegung vor der Stirn. »Sie schläft nie. Sie schleicht immer rum und horcht an ihrer Tür, selbst dann, wenn's nichts zu hören gibt. Ich weiß nicht, warum sie sie hier im Haus lassen, anstatt sie in eine Anstalt zu schicken. Sie versteckt sich, wenn ich ihr das Essen hochbringe, kommt erst raus, wenn ich wieder gegangen bin. Trotzdem dreh' ich ihr nie den Rücken zu. Mr. Bill trägt immer den Schlüssel zu ihrem Zimmer mit sich rum, gibt ihn keinem andern, wie Mr. Harry, als er noch lebte.«

»Ist sie denn jemals untersucht worden? Hat je ein Außenstehender die Gelegenheit gehabt, sie sich anzusehn? Wie können sie wissen, daß sie wirklich...?«

»Sie sagen, das ist schon vor Jahren gemacht worden. Sie sagen, es hat jetzt keinen Zweck mehr.«

»Sie sagen«, wiederholte er lakonisch. »Nach allem, was man weiß, vertuschen sie vielleicht einen Mord. Die Tat einer Geisteskranken.«

»Ich hab' ja selbst versucht zu glauben, daß sie's war. Weißt du, ich hab' versucht, mir eine Entlastung für dich auszudenken. Sie war die einzige, die zur Tatzeit noch im Haus war, außer dem armen alten Mann natürlich. Aber...« Entmutigt ließ sie die Arme sinken. »Den Schlüssel zu ihrem Zimmer hatte Diedrich noch immer bei sich, und als sie zurückkamen, war die Tür von außen verschlossen.«

Sie gingen nun in ein Eßzimmer neben der Treppe. Eine Schale mit Wachsfrüchten stand unter einer Glasglocke, die wohl hundert Jahre alt sein mochte. Dahinter eine geschlossene Doppeltür.

Townsend bemerkte, daß Ruth unbedingt zurückgehen wollte. »Komm, Danny, du hast jetzt alles gesehen.«

Er ging auf die Doppeltür zu.

»Wozu willst du denn da rein?« flüsterte sie und versuchte, ihn am Arm zurückzuhalten. »Zu was soll das gut sein?«

Er hatte die Tür bereits geöffnet und das Licht eingeschaltet. »Was kann es schaden?« entgegnete er gleichgültig.

Widerstrebend folgte sie ihm hinein. Das Glas war innen mit dunkelblauen Rollos versehen, etwa alle drei Scheiben eines. Eines verlief wie eine Markise horizontal unter der Decke und ließ sich von unten mit einer Vorhangschnur regulieren. Sie waren stellenweise geflickt und ausgebessert. In einem war ein kleiner diamantförmiger Riß, der nicht repariert worden war.

Der Raum war mit einem altmodischen Mosaikfußboden ausgelegt, grau und mit Staub bedeckt. Zwei Korb-Ohrensessel und ein Korbsofa standen darin. Längs der einen Seite stand ein niedriger, langer Kacheltisch, der früher offensichtlich voller Topfpflanzen und Blumen gestanden hatte. Im ganzen Raum war jetzt keine einzige mehr. Nur ein paar vertrocknete, schlaffe, bräunliche Büschel hingen immer noch in Töpfen, die in den Ecken von Halterungen herabhingen.

»Hat er hier gesessen?«

Ruths Miene verfinsterte sich. »Dan, sprich nicht so ...« Sie wollte sich die Ohren zuhalten, doch er zog ihr die Hände herunter. »Als ob du das nicht wüßtest ...!«

»Schau nicht hin! Komm weg da!«

»Oh, ich hab' gedacht, das wären nur Roststreifen oder so was Ähnliches, von den Nägeln.«

»Ich weiß wirklich nicht, warum sie das Ding nicht längst ausrangiert haben«, rief sie erbost. »Ich weiß nicht, warum es immer noch hier drinsteht«, fuhr sie etwas ruhiger fort, »aber es kommt ja auch keiner mehr hier rein. Es ist das erste Mal seit damals, daß ich's sehe ...«

»Bei mir ist es auch das erste Mal«, murmelte er bitter, als sie hinausgingen.

Ruth machte die blaugetönte Glastür hinter sich zu. Sie quietschte schrill und ging zweimal wieder auf, so daß sie sie gewaltsam zusammenschieben mußte.

Townsend stand gedankenverloren da. Ruth kam nahe zu ihm heran und vergrub ihr Gesicht an seiner Brust. »Danny, Danny, warum hast du das nur getan? Du mußt durchgedreht haben, als er dir sagte, daß du Geld aus dem Safe gestohlen hast. Warum hattest du bloß dieses Gewehr in der Hand? Könnten wir doch nur diesen einen Nachmittag ungeschehen machen! Ich hätte dich so geliebt. Das tu' ich auch so, aber ich kann dich jetzt nicht mehr haben.«

Er ließ sie es sich von der Seele reden. Es gab nichts, was er dazu sagen und nichts, womit er sie trösten konnte. Sie hob den Kopf. »Komm, Danny, du gehst jetzt besser. Du bist lange genug hiergewesen.«

Sie gingen wieder an der Treppe vorbei durch die Eingangshalle. Townsend blieb einen Moment zurück, um sich eine Zigarette anzuzünden. Ruth war vor ihm an der Haustür, öffnete sie einen Spalt und sah hinaus. Irgend etwas stimmte nicht. Plötzlich fiel Licht auf sie wie ein großer goldener Sonnenaufgang. Das Quietschen von Bremsen verlieh dem hellen Schein Nachdruck. Draußen wurde eine Wagentür geöffnet, während Ruth die Haustür wieder schloß. Atemlos sprudelten unzusammenhängende Warnungen aus ihr heraus, als sie zu ihm zurückrannte. »Ich hab' dir's doch gesagt ...! Der Wagen ...! ... Sie sind zurück ...«

Sie schob ihn vor sich her durch den dunklen Eingang neben der Treppe ins Eßzimmer. »Hinten raus! Hinten raus! Durch die Küchentür!« Dann blieb sie plötzlich am Ende der Eingangshalle in voller Sicht wie angewurzelt stehen, weil vorne bereits im Schlüsselloch herumgestochert wurde.

Townsend hatte gerade noch Zeit, einen Schritt nach vorne zu taumeln, bevor die Tür aufging. Er rammte mit der Hüfte eine Tischkante. Er ging um den Tisch herum, fand eine Tür, öffnete sie und huschte in einen Raum, den er für die Küche hielt. Von Kopf bis Fuß stieß er sich an den Kanten von Regalbrettern, und etwas aus Glas oder Porzellan klirrte protestierend.

Es gelang ihm, sich zurückzuziehen, ohne etwas umzuwerfen. Wieder erwischte ihn die Tischkante, diesmal im Kreuz. Er ging in die Hocke und hielt sich mit der Hand an der Kante fest. Hier im Dunkeln, in einem völlig unbekannten Raum, saß er hoffnungslos in der Falle. Er wagte nicht, sich noch einmal zu bewegen, um nicht an etwas zu stoßen und sich dadurch zu verraten.

Irgendwo da draußen fragte eine rauhe Altstimme, »Haben Sie da gerade zu uns herausgeschaut?«

Ruth mußte genickt haben, denn Townsend hörte keine Antwort.

»Warum zum Teufel haben Sie dann nicht offengelassen, um mir die Sucherei nach dem Schlüssel zu ersparen? Warum benehmen Sie sich so sonderbar?«

Ruth sagte: »Ich muß eingeschlafen sein, Miss Alma. Und die Scheinwerfer haben mich einen Augenblick lang geblendet. Sie wissen doch, wie benommen man ist, wenn man gerade aufgewacht ist.«

»Dann müssen wir Ihnen eine Brille mit getönten Gläsern besorgen«, sagte die Stimme schroff.

Das Wimmern des Motors hatte sich in die Garage verlagert, brach dann ab, und die Wagentür schlug mit einem blechernen Scheppern zu.

Als die Altstimme wieder etwas sagte, klang sie näher. Miss Alma mußte durch die Eingangshalle nach hinten gekommen sein. Ein Schatten huschte über den schwach erleuchteten Eingang zum Speisezimmer. »Der Film war miserabel. Wir haben im Gasthaus noch ein paar Gläser Bier getrunken.« Sie war offenbar recht wacklig auf den Beinen, also mußten die beiden dort länger gesessen haben, als sie zugeben wollte. Townsend hörte, wie sie beim Hinaufgehen auf der Treppe stolperte. Er hörte, wie sie vor sich hinmurmelte, »Bretzeln und Bier! Bier und Bretzeln! Mit weiß Gott wieviel tausend Dollar in der gemeinsamen Kasse. Als ich mich in Schanghai selbst durchgeschlagen hab', ist's mir besser gegangen.« Oben wurde eine Schlafzimmertür zugeworfen.

Für heute nacht war alles in Ordnung. Ihre Wahrnehmung war ein wenig getrübt. Aber würde sie sich am Morgen nicht an die leichte Unstimmigkeit bei Ruths Empfang erinnern? Würde sie sich dann nicht darüber wundern?

Die Haustür wurde geschlossen und der Riegel vorgeschoben. Noch jemand war hereingekommen. Er war ebenso schlecht gelaunt wie seine Vorgängerin. »Wieder im trauten Heim«, hörte Townsend ihn brummen. »Wecken Sie mich morgen früh ja rechtzeitig zum Kühemelken.«

Townsend vernahm ein kurzes Gescharre. Er hörte Ruth in scharfem Ton sagen, »Jetzt aber Schluß damit!« Dann kam ein Kichern, und schwere Schritte stapften die Treppe hinauf.

Townsend richtete sich auf, ging um den Tisch herum und traf auf Ruth, als sie sich auf dem Weg zur Küche hineinschob. Sie fuhr erschrocken zusammen, da sie glaubte, er sei längst gegangen. »Danny, was ist los mit dir? Warum bist du noch hier? Du weißt, was passiert wäre, wenn einer von ihnen hier reingekommen wäre, um ein Glas Wasser oder sonst was zu trinken? Normalerweise ist es das erste, was sie tun, wenn sie aus waren und was getrunken haben. Ein Glück, daß es heute zufällig nicht so war.«

»Ich konnte den Ausgang nicht finden, hab' mich in der Dunkelheit völlig verirrt.«

»Da geht's raus, was ist bloß los mit dir?« Sie drängte ihn zu einer Tür mit Fliegengitter, die er bis jetzt nicht gesehen hatte. »Bitte geh jetzt, Danny. Hast du für einen Abend nicht schon genug riskiert?«

Als er hinaus in die Dunkelheit trat, flüsterte sie ihm vorwurfsvoll nach: »Ich begreife einfach nicht, wie du so durcheinandergeraten kannst, daß du den Ausgang nicht mehr findest.«

Die Antwort darauf konnte er, in sicherer Entfernung, nur sich selbst geben: »Weil ich noch nie da drin gewesen bin.«

20

Unten an der Biegung des Fußweges stand ein ganz bestimmter Baum, auf den sie sich als Sicherheitsgrenze geeinigt hatten, über die er sich nicht hinauswagen sollte. Sie nannten ihn ihren Treffpunkt. Townsend ging immer dorthin und wartete, bis Ruth den Pfad entlangkam.

Sie kam durch einen mit Licht und Schatten gesprenkelten Tunnel. Einen Augenblick fielen gelbe Sonnenstrahlen durch die Blätter auf sie herab, im nächsten kühler blauer Schatten. Es bereitete ihm Vergnügen, sie langsam auf dieser langen schmalen Allee entlangkommen zu sehen. Alles, was der alte Mann im Rollstuhl zuerst abbekam, traf sie einen Moment später, wenn sie unter derselben Stelle hindurchging. Nie fiel auf beide gleichzeitig dasselbe – Licht oder Schatten.

Ruth sah ihn schon von weitem, da er sich nicht versteckt hielt, sondern einfach offen dastand. Und sie vollführte immer die gleiche kleine Vorstellung. Zuerst ein vorsichtiger Blick nach hinten, um sich zu vergewissern, daß ihr niemand folgte oder sie aus der Ferne beobachtete. Dann die Begrüßung, ein zwei- bis dreimaliges Hin- und Herschwingen der Hand, knapp über dem Kopf. Sie konnte in diese Handbewegung ebensoviel zärtliche Anbetung legen wie in eine Kußhand. Und dann schließlich warnte sie ihn jedesmal, wenn er ein paar Schritte vorwärts ging, mit einem energischen Kopfschütteln und rügte ihn dafür, wenn sie bei ihm angekommen war.

»Ich hab' dir doch gesagt, du sollst das nicht tun! Selbst bis hierher dürftest du nicht kommen. Eines Tages, wenn wir am wenigsten damit rechnen, kommt zufällig jemand vorbei. So geht das immer.«

Doch im Augenblick hatte Townsend keine Zeit, sich deswegen Sorgen zu machen. Ihn beschäftigte etwas anderes.

Zuerst musterte er eingehend den Alten. Die Augen blinzelten ihn immer noch an. »Er macht es immer noch», sagte er zu Ruth. Es klang erleichtert.

»Er tut es bei keiner Menschenseele drüben im Haus. Ich hab' ihn genau beobachtet, seitdem du mich drauf aufmerksam gemacht hast.«

»Du hast doch keinem von beiden etwas davon gesagt, oder?«

»Natürlich nicht! Was denkst du denn?«

Als sie die Hütte erreicht hatten, sagte er: »Hast du mir die Sachen mitgebracht, um die ich dich gebeten hatte?«

»Ich war heut morgen im Dorf. Ich hab' sie hier an der Seite im Rollstuhl.« Sie reichte sie ihm einzeln. »Hier ist ein Block Papier, und hier sind zwei Bleistifte. Und hier ein kleiner Taschenkalender. Ist das der richtige? Ich hab' sie mir alle genau angesehen, und bei dem hier stehen lauter solche Sachen auf den ersten Seiten. Die Hauptstädte der 48 Bundesstaaten und etwas über die Gezeiten und den Mond und über Glückssteine, und was man bei einem Sonnenstich macht und bei einem Schlangenbiß ...«

»Also, das brauch' ich alles nicht, aber ich brauche ...« Er blätterte den Kalender hastig durch. »Ja, hier ist es. Ich nehm' ihn jetzt mit zu mir rein. Sag mir, wenn deine Zeit um ist. Bleib du bis dahin hier draußen und gib auf den Weg acht.«

Sie schaute enttäuscht, als ob – nun ja, wenn es überhaupt denkbar wäre, daß ein hübsches, gesundes junges Mädchen auf einen siebzigjährigen, vollständig gelähmten Mann eifersüchtig ist, dann wäre es so ein Blick gewesen. »Aber was hast du vor? Du hast's mir bis jetzt noch nicht mal gesagt.«

»Ich will was ausprobieren, und wenn's funktioniert,

erzähl' ich dir's nachher. Wenn nicht, war's sowieso umsonst. Was für einen Zweck hat es also, dich damit zu beunruhigen?«

Er rollte den Stuhl hinter sich hinein, und von da an war kein einziger Laut mehr aus der Hütte zu vernehmen. Wie auch? Welche Art von Verständigung er mit diesem lebendigen Leichnam auch herbeiführen wollte, sie mußte lautlos sein.

Anderthalb Stunden später ging Ruth hinein und beobachtete die beiden einen Moment lang staunend. Townsend hatte den Stuhl des Alten so gedreht, daß das Licht von draußen voll auf sein Gesicht fiel. Der Stenoblock, den Ruth ihm besorgt hatte, lag aufgeklappt auf seinem Knie. Die Augen auf den Alten gerichtet, schrieb er blitzschnell Zeichen darauf und schlug Seite um Seite um, kaum war sein emsiger Bleistift unten angelangt.

»Was machst du da? Willst du sein Blinzeln mitstenographieren?« rief sie. »Funktioniert es? Kannst du so irgendwas in Erfahrung bringen?«

»Das weiß ich noch nicht. Ich schreib' einfach alles auf, wie es kommt.«

»Aber wie kannst du das? Ist nicht ein Blinzeln genau wie das andere?«

»Genau das will ich ja rausfinden. Wenn ja, dann vergeude ich nur meine Zeit. Aber er sendet immerfort diese Signale. Er hat kein einziges Mal aufgehört, seitdem er hier drin ist. Sie müssen irgendeine zusammenhängende Nachricht enthalten, und die versuch' ich rauszubekommen. Ich werd' mich heut nacht damit beschäftigen, wenn ich allein bin.«

»Dan, du mußt ihn mir jetzt wiedergeben. Ich hab' dir so viel Zeit gelassen, wie ich konnte, aber ich komm' ohnehin schon zu spät zum Mittagessen, und ich will nicht, daß sie Verdacht schöpfen. Sie fragen mich bestimmt, was mich aufgehalten hat.«

Townsend stand auf und schob den Stuhl für sie ins Freie. »Versuch, ihn heut' nachmittag wiederzubringen, wenn's geht.«

»Aber selbst wenn du eine Art Sprache in seinem Blinzeln entdeckst – wozu soll das gut sein?«

»Vielleicht zu gar nichts«, sagte er. »Aber wenn's was gibt, das er mir erzählen kann, dann muß ich's wissen.«

»Komm nicht weiter mit. Sie sind vielleicht draußen und halten nach mir Ausschau. Ich hab' mich eine halbe Stunde verspätet. Einen Moment, das wird's wohl als Ausrede tun.« Sie zog am Aufziehrädchen ihrer billigen Armbanduhr und stellte die Zeiger zurück. »Meine Uhr geht eine halbe Stunde nach.« Ihr Mund streifte flüchtig über seine Lippen. Dann nahm sie ihm die Griffe des Rollstuhls aus der Hand. »Gut festhalten, Mr. Emil! Die Rückfahrt wird leider etwas holprig.«

Townsend stand am Baum und sah ihr auf dem Blätterpfad nach. Jetzt wechselten die Sonnentupfer und Schattenflecken nicht mehr sanft auf ihr ab, sondern bildeten fast schon fortlaufende verschwommene Streifen wie bei einem Tigerfell, so schnell rannte sie.

Plötzlich war das Ende des Blättergangs leer... Sie war verschwunden.

Am Nachmittag kam sie zurück, allerdings so lange nach der gewohnten Zeit, daß Townsend bereits alle Hoffnung aufgegeben hatte. Gleich als er sie sah, wußte er, daß sie Angst hatte, daß sie etwas beunruhigte, und ging ihr entgegen.

»Was ist los? Ist was passiert?«

»Mir gefällt nicht, wie sie sich verhält. Ich fürchte, uns steht nichts Gutes bevor. Sie ahnt, daß hier irgendwas vor sich geht, das könnt' ich beschwören!«

»Warum? Hat sie was gesagt?«

»Das braucht sie nicht. Ich kenn' sie inzwischen gut genug. Die würde sowieso nichts sagen. Die hat sich schon immer mit Schläue durchs Leben geschlagen. Die weiß immer, was gespielt wird. Die gibt keine Vorwarnung. Ich hätt's nicht gewagt, noch mal herzukommen, aber ich hab' gehört, wie sie die Dusche oben in ihrem Zimmer angestellt hat, und bis sie danach die letzte Schicht Nagellack aufgelegt hat, sind bestimmt zwei Stunden rum. Wir müssen was unternehmen, Danny. Besser du verschwindest hier, bevor...«

»Wie kommst du drauf, daß sie was ahnt?«

»Sie war schon bei der Melone, bis ich ihn am Tisch hatte. Ich hab' ihr die Geschichte mit der Uhr aufgetischt, und sie hat kein Wort gesagt. Dann ist sie aufgestanden und hat beim Rausgehen den Tisch verschoben. Bevor ich wußte wieso, stand sie bei seinem Stuhl und hielt das verdammte Buch in der Hand, das ich immer hin- und herschleppe, weil ich behauptet hab', daß ich ihm die ganze Zeit daraus vorlese. Das war eine Falle, und ich hab's die ganze Zeit nicht spitzgekriegt. Ich hab' extra ein ganz langes Buch ausgesucht, *Krieg und Frieden*, damit's überzeugender wirkt, daß ich so lang mit ihm draußen bin. Es hat eins dieser altmodischen Stoffbuchzeichen, die kennst du bestimmt. Man legt es zwischen die Seiten, damit man weiß, wie weit man gekommen ist. Also, sie schlägt das Buch auf und schaut rein. Dann sagt sie: ›Sie lesen aber langsam, Ruth, erstaunlich langsam.‹ Und wie sie mich dabei angesehen hat, ehrlich, Dan, als wollt' sie mich erstechen. ›Oder vielleicht‹, sagt sie, ›lesen sie ja auch rückwärts.‹ Und dann ist sie rausgegangen. Ich hab' erst kapiert, was sie meint, als ich das Buch später selbst aufgeschlagen und nachgesehen hab'. Auf der Seite war ein kleiner Lippenstiftfleck, so winzig, daß er kaum zu sehen war. Ihre Farbe. Sie muß schon vor einigen Tagen nachgesehen haben, und ich Dummkopf laß das Buchzeichen die ganze Zeit über immer an derselben Stelle.«

»Das ist weniger gut«, sagte er langsam.

»Was machen wir jetzt, Dan? Ich glaub' es bleibt uns nicht mehr viel Zeit. Ich hab' Angst vor ihr, und außerdem glaub' ich, es gibt Regen. Dann kann ich ihn nicht mehr herbringen.«

»Also gut, ich beeil' mich und seh' zu, daß ich das, was ich vorhab', mit einer Sitzung heut' nachmittag schaffe.«

Kaum hatte er den Bleistift angesetzt und die Augen auf das Gesicht des Alten geheftet, als Ruth hereingestürzt kam und aus lauter Angst vor Entdeckung kaum zu verstehen war. »Oh, mein Gott, Danny! Sie kommt direkt hierher! Gib ihn mir! Schnell!« Sie warf den Stuhl fast um, als sie ihn hinter sich hinauszerrte. Townsend starrte ihr nach. »Nein, du hast keine Zeit, rauszulaufen. Sie würde dich durch die Bäume sehen. Sie ist schon zu nah ...«

Townsend raffte alle herumliegenden Blätter mit einer weitausholenden Bewegung beider Arme zusammen, öffnete seine Jacke, knöpfte sie darüber zu und hielt das Papier mit beiden Händen von außen fest, als hätte er einen Krampf im Bauch. Es war unmöglich, durch das Loch oben auf den Dachboden zu kommen, da die Leiter entfernt worden war. Er stellte sich hinter die Tür, die innen angelehnt war.

Ruth mußte gerade noch Zeit gehabt haben, sich auf ihren Klapphocker fallen zu lassen und das Buch aufzuschlagen, das den Weg zum Verdacht gewiesen hatte, als der Eindringling auch schon bei ihr war.

Nur eine Frau konnte so aus dem Stehgreif genau den richtigen zwanglosen Ton treffen. »Oh, da ist ja Miss Alma, sehen Sie?« gurrte sie ihrem Patienten zu. »Will wohl mal sehen, was wir hier draußen machen.«

Es herrschte kurz Stille, dann war die bekannte rauhe Altstimme neben Ruth zu hören. »Na, was machen Sie denn hier draußen, wenn Sie es schon erwähnen?«

»Oh, ich hab' diese Stelle vor Wochen ganz zufällig entdeckt«, erwiderte Ruth und führte dann nervös aus: »Erinnern Sie sich noch an den schrecklichen Wolkenbruch damals? Ich war zu weit vom Haus entfernt, um noch rechtzeitig zurückzukommen, ohne pudelnaß zu werden, also rannte ich so schnell ich konnte, um mich bei dichten Bäumen unterzustellen – und da war es – grad' wie auf Bestellung. Seitdem komm' ich immer wieder hierher«, schloß sie wenig überzeugend.

»Seither hat es aber nicht geregnet«, bemerkte die andere Stimme trocken. »Oder?«

Townsend hörte Ruth entwaffnend auflachen und ganz gelassen eine Begriffstutzigkeit vortäuschen, die sich weigerte,

Notiz von dem versteckten Seitenhieb zu nehmen. Sie hatte auch gar keine andere Wahl.

»Wenn's zu heiß wird, ist es genauso praktisch. Ich schieb' ihn rein, um ihn vor der Sonne zu schützen.«

»Hier draußen ist genügend Schatten.« Die andere Stimme war eintönig. Sie wartete einen Moment, dann fügte sie hinzu: »Wie sieht es denn da drin aus?« Es war eindeutig eine Herausforderung, um die Reaktion des Mädchens zu testen. Es funktionierte. Er hörte das Buch mit einem dumpfen Schlag zu Boden fallen. Ruths Stimme schrillte los, bevor sie sie glätten konnte: »Ach, da gibt's nichts zu sehen ...«

Die Schwelle knarrte ein wenig, vom Druck eines einzelnen Schrittes. Dann nichts mehr. Miss Alma schaute sich um, doch sie wußte bereits genug, um noch weiter hineinzugehen. Ruth redete offenbar noch immer gegen Miss Almas Rücken und versuchte, die drohende Entdeckung abzumildern. »Ich hab' mir da drin ab und zu einen kleinen Imbiß gemacht, mit ein paar Sachen, die ich aus der Speisekammer mitgebracht hab'.« Noch ein entschuldigendes Lachen, das hoffnungslos klang. »Ich weiß nicht, warum ich zwischen den Mahlzeiten solchen Hunger kriege. Ich hab' wohl einen Bandwurm.«

»Davon habe ich schon gehört«, sagte die Stimme mit derselben tödlichen Monotonie. »Man ißt dann immer für zwei, nicht wahr?«

Sie stand noch immer da, und ihr Blick registrierte alles. Man schaut nicht so lange in das Innere einer verwahrlosten Hütte, wenn man nicht sicher ist, daß es dort etwas zu sehen gibt.

Ein Hauch von Gardenien drang durch den Spalt der angelehnten Tür. Sie drückte Townsend die Nase platt, doch er wagte es nicht, dem Druck auszuweichen, hätte es auch, selbst wenn er es gewollt hätte, nicht gekonnt.

So dicht beieinander war es ein Wunder, daß sie einander nicht atmen hörten. Warum stand sie da so lange? Wollte sie denn überhaupt nicht mehr gehen? Vielleicht hatte sie bereits beschlossen, daß es besser sei, nichts zu sehen. Doch das schien sogar noch gefährlicher. Sie sprach erneut. Jede Silbe war wie ein Dolchstoß. »Recht gemütlich.«

Sie stieß etwas mit der Schuhspitze an. Es klang blechern. »Sie scheinen ja ganz versessen darauf zu sein, hier draußen ganz für sich allein Haushalt zu spielen.«

Ruth hatte ihre Stimme völlig in der Gewalt. Die Antwort hingegen wirkte absurd. »Ja, es macht irgendwie Spaß, ein altes Haus herzurichten und sich vorzustellen, es gehört einem selbst...«

»Wie Marie Antoinette in Trianon.« Und dann fügte sie mit einer kaum wahrnehmbaren Veränderung der Stimmlage hinzu: »Ich habe mich immer gefragt, mit wem sie sich dort wohl getroffen hat.«

Keine der beiden Frauen sagte noch etwas.

Nur ihr Atmen verriet Townsend, daß sie noch da waren. Plötzlich hatte sich eine blaßrosa Muschel an die Türkante geheftet, nur um Haaresbreite von Townsends eingekeiltem Gesicht entfernt. Vier ihrer fünf Finger hatten sich darum gekrümmt, als wollten sie die Tür zuziehen.

Die Nägel waren wie purpurne Obsidiandolche. An einem Finger steckte ein Ring, der so nahe an Townsends Auge war, daß sein mittelgroßer Diamant fast walnußgroß wirkte.

Townsend konnte seinen Kopf nicht weiter von den Fingern wegbewegen, da die Tür in einem zu spitzen Winkel auf den Rahmen traf. Selbst wenn Alma Diedrich die Finger nur streckte, um sie zurückzuziehen, bestand die Gefahr, daß sie seine Wange berührten.

Doch es geschah nichts. Als sie sich öffneten, verfehlten sie ihn um Haaresbreite. Wäre er nicht rasiert gewesen, hätten sie wahrscheinlich seine Bartstoppeln gestreift, so nahe waren sie.

Alma Diedrich hatte etwas gesehen, das sie ablenkte, doch Townsend hätte es vorgezogen, daß sie stehengeblieben wäre, als er hörte, was diese Anziehungskraft ausübte.

»Werden diese Dinger nicht rostig?« Da war ein kleines

KLINK, als sie etwas wieder hinwarf. Seine Rasierklinge, die er zum Trocknen auf ein Stück Papier gelegt hatte. Er fluchte insgeheim.

Die Schwelle knarrte, als sie zurückging, und die grausige Nähe war überstanden. Er fühlte, wie sein Bauch beim Ausatmen erschlaffte und etwas Nasses seitlich an seiner Nase herunterrann.

Die nächste Bemerkung kam wieder von draußen. »Ich werde Bill sagen, er soll sein Grundstück einzäunen lassen. So zugänglich, wie es von allen Seiten ist, kann sich hier jeder x-beliebige verstecken. Ich fühle mich einfach nicht sicher, selbst am hellichten Tag nicht. Zumindest nicht, solange dieser Mann noch frei herumläuft.«

»Welcher Mann?« hörte er Ruth unschuldig fragen.

Die Antwort war voller Doppeldeutigkeiten. Auch eine Anschuldigung war darin enthalten. »Sie wissen genau, welchen Mann ich meine: Dan Nearing. Der Kerl, der meinen Mann ermordet hat.«

Ruth gab keine Antwort.

»Tja, ich gehe jetzt zurück. Ich wollte nur mal sehen, was sie Tag für Tag hier draußen so anzieht. Ich habe mehr als einmal bemerkt, daß die Spuren von Vaters Rollstuhl in diese Richtung führen. Ich nehme an, Sie bleiben noch ein Weilchen hier, meine Liebe.« Es gelang ihr, die beiden letzten Worte so diabolisch zu entstellen, als würde sie Ruth am liebsten mit bloßen Händen erdrosseln.

Ruth spielte ihre Rolle mit bewundernswerter Konsequenz zu Ende. Sie sprang auf, daß die Beine des Klapphockers hastig zusammenklickten. »Nein, Miss Alma, bitte warten Sie auf mich. Sie haben mir jetzt solche Angst eingejagt, daß ich hier keine Minute länger allein bleiben würde, um keinen Preis!« Das raschelnde Zischen der Rollstuhlräder entfernte sich eilends den Pfad hinunter.

Als letztes hörte Townsend die Altstimme bereits aus beträchtlicher Entfernung sagen: »Ihre Hände sind ja ganz feucht.« Sie mußte einen Vorwand gefunden haben, eine davon zu berühren.

Townsend kam aus seinem Versteck hervor und fühlte sich wie ein Badehandtuch, das von drei Leuten benutzt worden ist. Wenn Alma nicht wesentlich dümmer war, als sie sich anhörte, und das glaubte er nicht, dann war ihr jetzt klar, daß sich in letzter Zeit hier jemand versteckt gehalten hatte, auch wenn sie vielleicht nicht ahnte, daß er während ihrer Anwesenheit die ganze Zeit hier gewesen war.

Er gab das zusammengepreßte Papierbündel frei und begann, an einem der verzogenen Fußbodenbretter herumzustochern. Der zackige Deckel einer Konservendose diente ihm als Hebel.

Der Hunger trieb ihn nach Einbruch der schützenden Dunkelheit zur Hütte zurück. Er war den ganzen Tag über draußen gewesen, hatte sich zwischen den Bäumen versteckt, war zu einem Waldwesen geworden, das nicht einmal ein Dach über dem Kopf hatte. Er wollte einer überraschenden Durchsuchung, die zu seiner Verhaftung geführt hätte, entgehen. Er hatte vor, draußen zu schlafen. Es war eine klare, warme Nacht, so daß es nichts schaden konnte. Er konnte eine der Decken holen, die Ruth ihm besorgt hatte, und sich darin einrollen. So groß war der Unterschied zwischen der nackten Erde und dem Fußboden in der Hütte gewiß nicht. Doch zuerst brauchte er etwas, um seinen Magen zu füllen, auch wenn er es kalt essen mußte.

Kein Indianerkrieger hatte sich je geschickter an eine einsame Hütte auf einer Lichtung herangepirscht. Townsend schlich sich von hinten auf sie zu. Er kauerte lange regungslos hinter einem Baumstamm und horchte. Wenn sich dort drin Leute versteckt hielten, konnten sie unmöglich so lange still bleiben. Endlich beruhigt, glitt er dicht an die Rückseite heran, bog um die Ecke und kroch an der Seite entlang nach vorne, wobei er sich ganz geduckt hielt, um sich trotz der Dunkelheit möglichst wenig hervorzuheben. An der äußersten Ecke hielt er erneut inne und horchte. Der Waldweg vor ihm war unbelebt. Die Hütte war leer.

Er bewegte sich wieder weiter, legte die kurze noch verbleibende Strecke zum Eingang zurück. Die Tür stand einen Spalt offen, obwohl er sie geschlossen hatte. Das beunruhigte ihn einen Moment, doch vielleicht war es ja der Wind gewesen.

Er sah ein weißes Rechteck an der Tür, ganz oben, an der Innenseite. Trotz der Dunkelheit konnte er geschriebene Zeilen darauf erkennen. Er holte es herunter. Es war mit einer gebogenen Nadel oder einem Stück Draht angeheftet worden, das jetzt herausfiel.

Er machte zuerst die Tür zu und zündete dann ein Streichholz an, das er vorsichtig mit der Jacke abschirmte, damit es nicht zu weit strahlte. Er hielt den Zettel davor. Das Papier wurde lachsfarben, die Schrift darauf lesbar.

Dan: Ich habe was furchtbar Wichtiges herausgefunden. Du mußt es mit eigenen Augen sehen. Komm um neun zum Haus. Ich lasse die Tür auf, damit du reinkannst. Sie sind nicht zu Hause. Sie fahren in die Stadt, du brauchst dir keine Sorgen zu machen.

Ruth

Er studierte die Nachricht sorgfältig, länger als notwendig, um ihre Bedeutung zu begreifen.

Er hatte nur einen anderen Zettel mit Ruths Handschrift gehabt, die Nachricht, die sie ihm an jenem Morgen in der Tillary Street hinterlassen hatte. Er schaute nach, ob er sie noch hatte. Ja, sie steckte hinten in seiner Hosentasche. Es hingen kleine Wollfussel daran. Seltsam, daß er den Zettel bis jetzt behalten hatte. Vielleicht doch nicht seltsam, sondern ein Glücksfall. Ganz schön praktisch, daß er ihn bis jetzt aufgehoben hatte.

Er hielt beide Zettel wie Spielkarten aufgefächert mit Daumen und Zeigefinger nebeneinander. Dann zündete er ein zweites Streichholz an und hielt es darüber.

Das Streichholz erlosch in seiner Hand. Er steckte die beiden Zettel in die Tasche. Bis zu seinem Rendezvous um neun hatte er noch einiges zu erledigen.

21

Ein verschleierter Mond stand am Himmel und tauchte das Haus in Platingrau.

Townsend kam unter den Bäumen hervor, stand eine Weile regungslos da und schaute zu ihm hinüber. Weniger, um es zu beobachten – er wußte, daß es dort nichts zu beobachten gab –, als über einiges nachzudenken. Dort hineinzugehen brachte die Entscheidung. Er konnte sich nur einmal irren. Dies war das eine Mal, genau jetzt. Ein zweites Mal würde es nicht geben.

Dies war das Ende der Geschichte, so oder so. Dies war die Nacht, dies war die Zeit, dies war der Ort.

Seine Gedanken glichen ein wenig denen eines Mannes beim Betreten eines Hinrichtungsraums. Er dachte an Virginia, die Stoffpuppe mit dem reizvollen Gesicht. Er dachte an Ruth, Dan Nearings Geliebte. Er dachte an die seltsame Geschichte, die er durchlebt hatte, seine eigene nämlich. Die ersten fünfundzwanzig ruhigen Jahre. Die drei verlorenen Jahre, von denen er sich selbst jetzt, mit Hilfe von Ruths Augen, noch immer kein vollständiges Bild machen konnte, die er niemals ganz zurückgewinnen konnte. Das trostlose Leben eines Flüchtlings, das durch die Überlagerung beider zustandekam. Und heute nacht – entweder das Ende oder ein Neubeginn. Der Beginn eines vierten Lebens. Vier Leben in dreißig Jahren. Was auch geschah, er wäre nie wieder ganz so wie andere Menschen.

Dort war es und wartete auf ihn, dort drüben jenseits des

düsteren Rasens: Rundherum dunkel, kein einziges Licht zeigte sich. Kein Anzeichen, daß sich jemand darin befand.

Es war 21 Uhr.

Townsend machte sich auf, kam über den Rasen näher, um sein Rendezvous einzuhalten. Das kurze Gras zischte unter seinen Füßen, und ein wabernder Schatten lief wie fließendes Wasser hinter ihm her, denn er hatte den Mond vor sich.

Er ging die beiden flachen Steinstufen hinauf und stand kurz darauf vor dem geheimnisvollen Eingang. Sein Schatten war umgeschwenkt und hob sich davon ab wie ein Scherenschnitt aus Lackmuspapier. Die Tür zur Vergangenheit und zur Zukunft.

Der Knauf fühlte sich kalt und schlüpfrig an. Auf in den Kampf, fuhr es Townsend durch den Sinn. Seine Gürtelschnalle folgte seinem Magen nach innen und schloß die Lücke, die durch das tiefe Anhalten der Luft entstanden war. Er drehte den Knauf, und die Tür öffnete sich. Der Riegel war nicht vorgeschoben, genau wie es auf dem Zettel stand.

Townsend machte sie hinter sich zu. Die Dunkelheit im Innern lag so dick und fühlbar über ihm wie eine Wolke schwarzer Federn. Sie kitzelte ihn fast in der Nase. Er tastete links nach dem Lichtschalter und drückte ihn herunter. Nichts geschah. Die Birne mußte durchgebrannt sein. Oder sie war herausgeschraubt worden.

Das vergebliche Klicken spann sich durch die dunkle Eingangshalle fort, bis sich das Geräusch durch die Stille so verstärkt hatte, daß es wie Kugelrollen klang. Townsend hätte es nicht überrascht, wenn am anderen Ende Kegel gefallen wären.

Er ging weiter und hielt den Arm wie beim Schwimmen vor sich, um nicht irgendwo anzustoßen. Eine noch tiefere Dunkelheit legte sich neben ihm über die bereits bestehende und ließ ihm einen Moment lang die Nackenhaare zu Berge stehen, doch es war nur sein eigenes Spiegelbild, das über einen unsichtbaren Spiegel huschte. Es war im selben Augenblick stehengeblieben wie er selbst. Townsend erinnerte sich jetzt, daß er in der Nacht, als er hiergewesen war, etwa an dieser Stelle einen Spiegel hatte hängen sehen.

Er ging weiter und zog den Schatten vom Spiegel mit sich fort. Am Fuß der Treppe blieb er stehen und gab einen kurzen fragenden Pfiff von sich: zwei Töne, einen hohen und einen tiefen. Man hört ihn oft auf der Straße. Er bedeutet: Heda, wo bist du?

Townsend wiederholte ihn, diesmal mit Erfolg. Er hörte oben auf dem Flur vorsichtig Schritte näherkommen. Sie waren ganz leise. In jedem einzelnen, kaum hörbaren Schlurfen lag etwas Verstohlenes. Als sie das Treppengeländer direkt über seinem Kopf erreicht hatten, hielten sie zögernd inne, als lehne sich die betreffende Person über das Geländer und befrage schweigend die Dunkelheit unter sich.

»Ruth, ich bin's«, flüsterte er heiser.

Die Antwort kam durch übertriebene Vorsicht verschwommen unten an.

»Pst. Ich komm' glei' run'!«

Die Schritte kamen den linken Aufgang der oben gegabelten Treppe herunter, und als sie den mittleren Absatz erreicht hatten, konnte Townsend wie ein über ihm schwebendes Gespenst eine undeutliche Silhouette erkennen. Er konnte die beiden weißen gekreuzten Streifen von Ruths vertrauter Kluft und die Schürze darunter ausmachen, die aussahen, als wären sie mit einer schwachen Leuchtfarbe skizziert. Die Erscheinung kam zu ihm herunter und blieb etwa vier Stufen über ihm stehen. Ein weißer Arm streckte sich ihm entgegen, begleitet von einem stimmlosen Flüstern. »Gib mir die Hand. Du mußt mir folgen ...«

»Wart einen Moment, ich zünd' ein Streichholz an ...«

»Nein! Gib mir die Hand«, beharrte sie. »Ich führe dich.«

Sie weigerte sich, den Abstand zwischen ihnen zu verkürzen. Sie schien fest entschlossen, ihn zu zwingen, die paar Stufen hinaufzugehen, die den kurzen Zwischenraum zwischen ihnen schließen würden. Die weiße Fläche ihrer Hand war auffordernd über die Lücke hinweg nach ihm ausgestreckt. Er ergriff sie und spürte ihre warme zarte Haut. Auch die zweite Hand streckte sich aus, vereinte sich mit der ersten und legte sich um sein Handgelenk, konnte es jedoch nicht ganz umschließen.

Er ging langsam hoch, und sie zog ihn weiter, damit er schneller vorankam. Ein warnender Gardenienduft drang ihm ins Bewußtsein.

Plötzlich klappten die ausgestreckten Arme wie tückische Hebel an den Ellbogen zusammen und zogen ihn rasch, mit unerwarteter, klammernder Kraft an sich. Er taumelte nach oben und verlor das Gleichgewicht. Ein straff gespanntes Seil zwischen den Geländerpfosten erwischte ihn unmittelbar unter den Knien, so daß er hilflos in voller Länge nach vorn stolperte und mit dem Gesicht gegen ein paar weiche Knie fiel, die im Wege standen. Ein gellender Schrei zerriß die Luft. »Er liegt, Bill. Pack ihn, schnell!«

Etwas erdrückend Schweres warf sich von hinten auf ihn und nagelte ihn in hilfloser Verwirrung fest, während er zog und zerrte, um seine Hände mit aller Gewalt zu befreien. Alles, was er dadurch bewerkstelligte, war, ihren sich sträubenden Körper näher zu sich heranzuziehen.

»Hast du ihn, Bill? Hast du ihn? Beeil dich, er reißt mir die Handgelenke ab!«

Zum ersten Mal sprach eine männliche Stimme, keuchend vor Anstrengung und so dicht hinter seinem Ohr, daß er ihren warmen Atem spüren konnte. »Gib mir seine Hände! Drück sie zusammen und bieg sie nach hier rüber...«

Ein Knie in Townsends Nacken drückte sein Gesicht schräg in den Winkel zwischen zwei Stufen, so daß seine Nase zur Seite gequetscht wurde. Er versuchte noch immer, sich freizustrampeln, doch die schwere Last auf ihm vereitelte jeden Widerstand.

Die Frau kreuzte die Arme, die aufgrund ihres Klammergriffs lediglich eine Fortsetzung seiner Arme waren, und brachte dadurch seine Handgelenke zusammen. »Hier sind sie, hier sind sie, schnell!« Etwas, das sich wie ein Lederriemen anfühlte, legte sich zunächst weich um sie. Dann wurden die Enden des Riemens spiralförmig, grausam, erdrückend fest um die Handgelenke gewunden, so daß sie qualvoll zusammengepreßt wurden.

»Hier. Jetzt halt ihn einen Augenblick so fest. Stell deinen Fuß auf ihn, damit er unten bleibt, bis ich aufstehen kann.«

Das erdrückende Gewicht verschwand von seinem Rücken und wurde von dem schärferen Druck eines Damenschuhs abgelöst, der sich quer auf seinen Nacken stellte wie ein kleines, spitzzulaufendes Boot, das eine Dünung meisterte.

Eine weibliche Stimme – und erst jetzt, da sie weder flüsternd zischte noch hektisch kreischte, konnte Townsend Alma Diedrichs rauhe Altstimme erkennen – sagte: »Himmel, was der mit meinen armen Händen gemacht hat! Sie prickeln, als wären sie erfroren!«

Der Mann, der nun voll aufgerichtet über Townsend stand und noch immer schwer atmete, sagte: »Hast du die Flasche?«

»Ich hab' sie dort an der obersten Stufe auf den Boden gestellt. Ich wollte nicht, daß sie kaputtgeht.«

»Gut, bring sie runter. Das macht alles viel einfacher.«

Der Fuß verschwand von seinem Genick und wurde durch eine dicke, kräftige Hand ersetzt, die ihn mit abgespreiztem Daumen nach unten drückte. Townsend kreuzte die Beine zu einer Schere, doch der Mann, der ihn hielt, wich ihnen aus, indem er zwei Stufen höher ging.

»Ich krieg' keine Luft«, japste Townsend. »Ich will das Gesicht heben!«

Bill Diedrichs gab keine Antwort und behielt den Druck bei.

Die Frau kam mit flinken Schritten wieder herunter, und man hörte das leise Gluckern von Flüssigkeit in einem Glasbehälter.

»Kann man hinterher feststellen, ob das Zeug verwendet wurde?« fragte sie.

Der Mann gab darauf keine Antwort. »Sind die Rolläden alle unten? Gut, wir können es genausogut gleich hier auf der Treppe machen, das erspart uns 'ne Menge Ärger. Nimm das, und mach mir ein wenig Licht, damit ich was sehn kann.«

Der Mann setzte sich nun auf Townsends Schultern und klemmte seinen Kopf wie in einem Schraubstock zwischen seinen kräftigen Oberschenkeln ein. Der schwache Schein einer Taschenlampe leuchtete auf, fand Townsends Gesicht und blendete ihn nach der langen Dunkelheit.

Wieder gluckerte die Flüssigkeit, als wäre sie weitergereicht worden.

Der Mann sagte: »Halt seinen Kopf hoch. Er kann dir nichts tun, ich hab' seine Arme unter den Knien.« Townsends Kopf bog sich plötzlich in spitzem Winkel nach oben. Die Frau hielt ihn am Haar. Das Weiß seiner Augen leuchtete im Strahl der Taschenlampe.

Etwas Kleines, wahrscheinlich die Verschlußkappe, fiel leise klappernd auf Holz.

Die Flüssigkeit gluckerte diesmal rebellischer, als sei der Behälter umgedreht worden.

Eiskaltes Entsetzen sickerte durch Townsends Adern. Entsetzen, das nur von der Ungewißheit rührt, was mit einem geschehen wird. Das Entsetzen der Phantasie.

Ein widerwärtig süßer Geruch wirbelte um seinen Kopf, und ein getränkter Wattebausch legte sich ihm von hinten über Mund und Nase. Er atmete nur noch ekelhafte Süße, keine Luft mehr. Townsend versuchte, die Nase wegzuziehen, indem er den Kopf hin und her schüttelte, doch die Hand mit dem Betäubungsmittel bewegte sich einfach mit. Er konnte noch ein paar Augenblicke über den Wattebausch schauen. Zwei Augen, die im Schein der Taschenlampe hell aufleuchteten, starrten mitleidlos und mit klinischem Interesse in seine. Kurz darauf fingen sie an zu verschwimmen.

Selbst nachdem seine Sicht getrübt war, konnte er noch kurze Zeit hören.

»Beobachte seine Augen und sag mir, wenn er genug hat.«

Dann verschwammen auch die Laute, verflüchtigten sich in der Ferne.

»Jetzt ist er soweit, die Augen fallen ihm zu.«

Das Gefühl blieb am längsten. Er spürte, wie eines seiner Augenlider hochgeschoben wurde und dann von allein wieder zufiel, da er nicht mehr Herr seiner Muskelreflexe war. Dann wurde alles unter ihm weggezogen wie ein Teppich: Hören, Sehen, Wissen und Sein.

Das Narkosemittel ließ irgendwann im Verlauf der nächsten Viertelstunde nach und hinterließ ein kurzes Gefühl von Übelkeit, das ihn an seine Blinddarmoperation vor vielen Jahren erinnerte. Nur wußte er diesmal, daß die Operation noch bevorstand.

Er befand sich in schräger Sitzhaltung, die Schulterblätter nur wenig über Nierenhöhe, über etwas, das sich anfühlte wie die gewölbte Sitzfläche eines zu prall gepolsterten Stuhls. Einen Moment lang hatte er die Illusion, seine Hände seien frei, da die Fesseln nicht mehr so fest einschnitten. Doch als er sie auseinanderziehen wollte, merkte er sofort, daß sie lediglich festes Leder von den Fesseln isolierte. Man hatte ihm Autohandschuhe angezogen und die Hände neu zusammengebunden, vermutlich, um keine verräterischen Druckspuren zu hinterlassen. Daraus schloß er, daß es später so aussehen sollte, als wäre er nicht gefesselt gewesen.

Die Jalousie, oder besser gesagt die Jalousien, waren heruntergezogen, doch war unten ein Spalt offen geblieben, so daß sich ein Streifen Mondlicht wie Tünche über das Fensterbrett ergoß. Etwas Dickes, Geflochtenes hielt ihn am Stuhl fest. Es fühlte sich an wie die sehnigen, vielsträngigen Kordeln, mit denen man Portieren zusammenrafft und die nahezu unzerreißbar sind. Ein Strang führte unter seinem Kinn hindurch und direkt über seine Kehle. Ein zu starker Druck dagegen hätte ihn erdrosselt.

Im ersten Moment dachte Townsend, er sei allein im Zimmer, obwohl er ein paar Mal geglaubt hatte, so etwas wie angestrengtes Atmen zu hören. Doch das Mondlicht, das über das Fensterbrett flutete, stand nicht still. Während der Mond nach oben über das Haus kletterte, wurde der Lichtstreifen an der gegenüberliegenden Wand kürzer und zog sich langsam daran herunter. Als Townsend ihn das erste Mal sah, war er ungefähr auf Ellbogenlänge vom Boden entfernt. Wenige Augenblicke später hatte der Streifen ein Sofa erreicht, das unmittelbar darunter stand, und legte sich nun langsam über dessen gewölbte Oberfläche.

Als erstes tauchte er ein Wirrwarr von Haaren in Silber, lag darauf wie ein plattgedrückter Heiligenschein und verriet Townsend, daß Ruth bei ihm im Zimmer war. Sie mußte absolut bewegungsunfähig sein, denn der schimmernde Kopf rührte sich nicht.

Lange bevor das leuchtende Visier ihre Augen erreicht hatte, sprach Townsend sie an: »Ruth!« flüsterte er eindringlich. »Ruth!« Sie gab keine Antwort. Warum war sie so still? Was hatten sie mit ihr gemacht? Er mußte warten, bis der kauterisierende Streifen zu ihren Augen hinuntergeklettert war.

Als es soweit war, starrten sie ihn weit aufgerissen an, in hilflosem, verzweifeltem Flehen. Sie mußte geknebelt sein. Er fragte sich, warum sie das nicht auch mit ihm gemacht hatten. Vielleicht weil eine Frau viel eher schreit als ein Mann. Wahrscheinlich hatte sie jedoch bereits gefesselt hier gelegen, als er in die Falle getappt war, damit sie Townsend nicht warnen konnte.

Menschen in Gefahr tauschen keine denkwürdigen Worte aus. Ihre Sprache ist in solchen Augenblicken eher enttäuschend. Außer »Hallo, Ruthie« fiel ihm nichts ein. Dann versuchte er verzweifelt, sich Worte auszudenken, die sie trösten könnten. Es fielen ihm keine ein, doch er zwang sich mehrmals, etwas zu ihr zu sagen, während das Mondlicht noch auf ihre Augen schien. Dinge wie: »Es wird schon alles wieder gut. Irgendwas kommt uns bestimmt zu Hilfe«. Und einmal das völlig nichtssagende »Meine Füße sind eingeschlafen, deine auch?« Nur, um ihr Mut zu machen, um ihre Gedanken von der Gefahr abzulenken, in der sie schwebten. Er mußte sie noch ein wenig länger aufmuntern.

Es war erschütternd, als ihre Augen oben in der Dunkelheit verschwanden und der Streifen sich weiter seinen Weg über ihr Gesicht nach unten bahnte. Es war wie ein umgekehrtes Ertrinken. Sie wand sich und versuchte, den Kopf zu senken, um dieses Fenster für den Blickkontakt zwischen ihnen noch einen kurzen Augenblick, noch zehn Sekunden offenzuhalten. Schließlich konnte sie den Streifen nicht mehr einholen. Die Dunkelheit legte sich schwer über ihre Augen, und der Knebel in ihrem Mund wurde sichtbar.

Irgendwo in der Stille des oberen Stockwerks ging leise eine Tür auf, und Townsend spürte ein Prickeln am ganzen Körper. »Ruhig, ganz ruhig jetzt«, beschwichtigte er Ruth.

Der Schritt eines Mannes kam die Treppe herunter. Unten angelangt, kam er auf die geschlossene Tür zu. Die Tür ging auf, ein Lichtschalter klickte, und das Zimmer füllte sich schlagartig mit unerträglich gleißender Helligkeit. Als Townsend nicht mehr geblendet wurde, bekam er Bill Diedrich, der regungslos in der offenen Tür stand, zum ersten Mal richtig zu sehen.

Er war untersetzt und beleibt, hatte das aufgedunsene Aussehen, das hellhaarige Typen bei einem ausschweifenden Lebenswandel bekommen. Sein Teint war wie ungebackener Teig. Sein Haar war strohblond mit einer häßlichen, festen kleinen Krause. Er sah aus, als hätte er ein netter Kerl sein können, wenn er jemand anderes gewesen wäre. Er trug einen pflaumenfarbenen Bademantel über einem blauen Schlafanzug aus Kunstseide. Townsend wußte, daß er weder geschlafen, noch ein Bad genommen hatte. Die Kostümierung gehörte wohl zu dem nun folgenden Auftritt. Diedrich hatte sich für den Mord umgezogen, aus Gründen, die er selbst wohl am besten kannte.

Er hatte einen Revolver mit heruntergebracht und hielt den Lauf gleichgültig auf den Boden gerichtet.

Er grinste Townsend an.

Dann drehte er den Kopf. »Alma«, rief der ungeduldig, »bist du fertig? Mach schnell, ich will das hinter mich bringen.« Er ging durch das Zimmer und zog vorsorglich noch einmal an den Jalousien, so daß der Spalt unten verschwand. Dann ging er zur Tür zurück.

Wieder kamen Schritte die Treppe herunter. Die Gestalt einer Frau gesellte sich in der Tür zu ihm. Der allgegenwärtige Gardenienduft kam wieder mit ihr zurück. Sie war vor Nervosität und Anspannung selbst etwas weiß im Gesicht, zeigte jedoch ansonsten keinerlei Anzeichen von Unentschlossenheit. Townsend verschwendete nicht viel Zeit damit, sie zu mustern, sondern heftete den Blick auf den Mann.

Diedrich zerzauste mit der Hand unwirsch ihre kunstvolle Frisur. »Sieh dir dein Haar an. Siehst aus, als kämst du grad' aus 'nem Schönheitssalon. Laß es ein bißchen realistischer wirken, ja? Und was sollen Hut und Mantel?«

»Ich geh' doch fort, um die Polizei zu holen, du Idiot. Welche Möglichkeit gibt's denn sonst, wenn die Telefonkabel durchgeschnitten sind?«

»Ja, aber dabei sollst du nicht aussehen wie aus dem Ei gepellt. Wir waren im Bett, als dieser Kerl uns ermorden wollte. Wenn du um dein Leben aus dem Haus rennst, um Hilfe zu holen, nachdem du gerade gesehen hast, was du angeblich gesehen hast, dann nimmst du dir nicht erst die Zeit, Mantel und Hut anzuziehen!« Er versuchte, seine Wut zu bezähmen.

»Was willst du? Soll ich vielleicht nackt ins Dorf runterfahren?«

»Zieh einen Bademantel über, wie ich auch, und bring das Messer mit, wenn du zurückkommst. Du mußt noch was erledigen, bevor du gehst.«

Sie redeten beide so nüchtern darüber! Sie hätten sich ebensogut darüber unterhalten können, welche Garderobe sie zu einer Theateraufführung tragen sollten. Nun ja, eigentlich taten sie das ja auch.

Das also sollte es werden: Mord als Notwehr getarnt. Nun, sie hatten das Gesetz ja auf ihrer Seite. Townsend war ein gesuchter Mörder. Man würde nicht allzuviele Fragen stellen. Und Ruth mußte mit ihm sterben, damit sie nicht reden konnte.

Alma Diedrich kam mit einem langen Küchenmesser zurück und war jetzt, wie von ihm gewünscht, mit dem angemesseneren Morgenrock bekleidet.

»Was hast du damit vor?« Townsend glaubte, in ihrer Stimme eine Andeutung wachsender Nervosität zu erkennen. Es machte ihr nichts aus, daß er einen Mord beging, doch wollte sie ihn nicht selbst mitansehen müssen.

»Dieser Kerl verletzt mich doch angeblich, bevor ich ihn umlege. Damit komm' ich nicht durch, wenn ich nichts aufzuweisen hab'. Mach du das für mich.«

»Großer Gott . . .!« keuchte sie.

»Es führt kein Weg dran vorbei! Mach schon. Das ist nicht die Zeit, zimperlich zu sein. Solange du keine Schnittwunden vorzeigen mußt, braucht's dich doch nicht zu kümmern. Schneid nur nicht zu tief rein, das ist alles.«

Er spannte den Unterarm, als sollte ihm Blut abgenommen werden. »Einen hier rüber. Oben, nicht auf der Innenseite. Ganz ruhig jetzt.«

Sie machten es gleich dort in der Tür, wo sie standen. Sie war Bill Diedrich zugewandt, so daß sie Townsend den Rücken zukehrte. Er konnte den Vorgang selbst nicht verfolgen, jedoch über Almas Schulter in das Gesicht des Mannes sehen, der konzentriert nach unten schaute. Dann zuckte er leicht.

»Laß die Augen auf«, unterwies er sie kühl, »sonst verpfuschst du's noch. Jetzt einen auf die Brust.«

Ihr Ellbogen bewegte sich leicht.

»Auu!« Er holte vor Schmerz tief Luft.

»Jetzt einen kleinen über die Stirn. Nur mit der Spitze. Vorsichtig jetzt, ich hab' keine Lust, mich nähen zu lassen.«

Diesmal sah Townsend, wie sich die Klinge bewegte. Sie zog eine unsichtbare Linie, die sich erst Sekunden später rötete. Die Frau trat zurück. »Beeil dich, wir haben nicht die ganze Nacht.«

Der Mann blies über seinen erhobenen Arm, um die Wunde zu kühlen. »Gut, hol den Wagen raus.«

Es war ihre kaltblütige Sachlichkeit, die der ganzen Situation solch entsetzliches Grauen verlieh. Hätten sie doch nur geflüstert, wütend geblickt, hinterhältig gegrinst. Aber sie sprachen darüber, als wolle sie etwas in einem Lebensmittelgeschäft besorgen und er verspräche ihr, in der Zwischenzeit ein Haushaltsgerät zu reparieren. Townsend hatte schon erlebt, daß es bei der Vernichtung einer Maus dramatischer zuging.

Sie gingen gemeinsam in die Eingangshalle hinaus und blieben kurz vor der Haustür stehen. Man konnte sie dort draußen noch eine Weile undeutlich hören, während er ihr letzte Anweisungen erteilte und ihr nochmals einschärfte, was sie bereits unter sich abgesprochen hatten.

»Es ist jetzt zwanzig nach neun. Du brauchst eine halbe Stunde hin und zurück, selbst wenn du 80 fährst. Bring sie keinesfalls früher her, egal, was passiert! Kann ich mich auf dich verlassen? Ich brauch' mindestens eine halbe Stunde, um die Portierenkordeln wieder so zu befestigen, daß es ordentlich aussieht. Wenn du feststellst, daß du zu früh bei der Polizei angekommen bist, fall aus Angst in Ohnmacht oder sowas Ähnliches. Schinde auf jeden Fall noch fünf Minuten raus. Sag ihnen aber keinesfalls vorher, was passiert ist. Wenn sie's erst wissen, hast du keinen Einfluß mehr drauf, wie schnell sie hier sind. Dann hast du's nicht mehr in der Hand, und diese Streifenwagen sind ziemlich schnell. Denk dran, eine halbe Stunde. Hier ist der Garagenschlüssel.«

Die Haustür öffnete sich. Townsend hörte Almas Bemerkung beim Abschied. »Ob wir je wieder ruhig schlafen können, Bill?«

Dann hörte er einen Kuß und die Antwort, die ihn begleitete. »Ich werd' von jetzt an nächtelang für uns beide wachbleiben. Aber mit einem Dollarzeichen kann man 'ne Menge Schlaf kaufen. Das nehm' ich auf mich.«

Also war Liebe mit im Spiel. Liebe irgendeiner Art. Geld war nicht der einzige Grund, warum sie Harry Diedrich aus dem Weg haben wollten.

Die Tür schloß sich. Diedrich kam nicht sofort wieder herein. Er mußte dort gestanden haben, um abzuwarten, ob sie auch gut fortkam. Townsend konnte das hohle Geräusch des Motors hören, der in der Garage angelassen wurde. Draußen, im Freien, wurde es schwächer, schwoll etwas an und ab, ging dann schließlich in ein gleichmäßiges Tuckern über und verschwand langsam auf der Zufahrt zur Hauptstraße.

Sie war fort, um Hilfe zu holen, Hilfe für etwas, das noch nicht geschehen war. Der Mörder und die Opfer waren alleine miteinander.

Diedrich kam zurück in die Eingangshalle, doch sein Ziel war noch immer nicht dieses Zimmer, dieser Hinrichtungsraum. Er kam nur kurz herein, um das Messer zu holen, und ging damit die Treppe hinauf.

Das Ganze verlief ziemlich lautlos. Nur wenig aufschlußreiche Geräusche drangen nach unten. Aber ein Mord ist auch nicht sehr geräuschvoll. Zuerst wurde irgendwo da oben mit einem Schlüssel in einem Schloß herumprobiert. Entweder war Diedrich selbst etwas nervös, oder das Schloß klemmte, weil es nicht häufig benutzt wurde.

Adela, das Mädchen, das angeblich wahnsinnig war, das jahrelang in seinem Zimmer eingeschlossen war. Ein Dollarzeichen, hatte er gerade eben an der Tür zu Alma gesagt. Diese Addie mußte – wahnsinnig oder nicht – Miterbin des Vermögens sein. Und das war ihr eigener Bruder, der jetzt da an der Tür stand, in der einen Hand den Schlüssel, das gezückte Messer wahrscheinlich hinter dem Rücken versteckt.

Der Schlüssel hatte schließlich die richtige Tiefe und den richtigen Winkel gefunden. Townsend hörte das Knarren der sich öffnenden Tür. Dann auf der Schwelle Diedrichs beiläufige, hinterhältige Stimme zur Begrüßung: »Immer noch wach, Addie? Ich dachte, du wärst längst im Bett. Die Köchin will wissen, was du morgen zum Nachtisch möch...« Die Tür ging zu und verschluckte den Rest.

Einen Moment lang herrschte absolute Stille. Etwa so lange, wie jemand braucht, um ein Zimmer zu durchqueren. Townsend bäumte sich in dem Stuhl auf, an den er gefesselt war, den Mund zu einer schmerzlichen Grimasse verzogen. Er konnte spüren, wie sich der Blick aus Ruths aufgerissenen Augen vom Sofa gegenüber in sein Gesicht brannte. Er hatte nicht das Herz, ihm zu begegnen. Er ignorierte das stumme Flehen. Es hatte etwas Obszönes, dazusitzen und sich ansehen zu müssen, während so etwas geschah.

Plötzlich erfüllte ein animalischer Schrei die Luft, ein Ton, der in einen Schlachthof gehörte. Er brach ebenso abrupt ab, wie er begonnen hatte. Dann hörte man ein gurgelndes Todesröcheln. Dann nichts mehr.

Diedrich blieb noch eine Weile dort drin. Dann ging die Tür oben wieder auf. Townsend hörte einen Stuhl oder eine Bank im Flur oben umfallen. Es war nicht der Lärm eines zufälligen Zusammenstoßes. Das Geräusch hatte etwas Bedachtes, Vorsätzliches. Noch mehr Bühnendekoration, dachte Townsend. Es würde aussehen, als sei der Stuhl bei einem Handgemenge umgestoßen worden.

Diedrichs Schritte kamen jetzt herunter, und er zeigte sich wieder in der Tür. Es war ein schrecklicher Augenblick für Townsend. Er sah, wie das Gesicht eines Mannes aussah, der kurz zuvor einen Mord begangen hatte. Es war gelb wie Pergamentpapier und völlig blutleer, als hätte das Messer nicht nur einen anderen Menschen, sondern auch ihn selbst verbluten lassen. Es glänzte vor Schweiß, und er fuhr sich mit der Zungenspitze über den Mund, um ihn von der Oberlippe zu wischen. Er schaute sich noch einmal um, bevor er zu ihnen hineinsah. In diesem Blick zurück, obwohl dort hinten jetzt nichts Lebendes mehr war, lag, wie flüchtig auch immer, das menschliche Erbe von Angst und Furcht, die Gewalt und Tod immer begleiten.

Diedrich hatte noch immer das Messer in der Hand. Drei Viertel der Klinge steckten in einer roten Lacklederscheide, die sich, wie er so dastand, ablöste und zerfaserte und in öligen Flecken den blutverschmierten Stahl durchschimmern ließ.

Er war ein Mörder, der noch vom Mord dampfte. Er war der personifizierte Mord auf zwei Beinen.

Bis jetzt war Townsend in all der Zeit, seit die Diedrichs das erste Mal ins Zimmer gekommen waren, kein einziges Wort über die Lippen gekommen. Er hatte gewußt, daß es sinnlos wäre, zu bitten oder zu drohen oder es mit Argumenten zu versuchen. Doch jetzt wallte blinde Wut in ihm auf, kochte über. Er fing an, in eintöniger Litanei Flüche durch die Zähne zu zischen. All das Grauen vor dem Mann, der dort stand, wurde in Vulgärsprache übersetzt.

Diedrich lächelte, als er die Tür hinter sich zumachte. »Das nenn' ich wirklich eine großartige Rede«, murmelte er fast mit objektiver Bewunderung, als höre er eine Schallplatte. »Ein Jammer, daß die Welt eines solchen Wortschatzes beraubt werden muß. Achtung, Sie haben sich gerade eben wiederholt...« Er kam heran, und einen Moment lang dachte Townsend, das war's. Aber Diedrich berührte Townsends Gesicht nur ein paar Mal leicht mit der flachen Klinge, als wolle er versuchen, durch den Druck mit dem kalten Stahl Schwellungen zu beseitigen. Er beschmierte Townsend mit verräterischen Spuren eines Verbrechens, das er nicht begangen hatte.

Dann wischte er den Griff sorgfältig mit einem Stück Mull

ab und legte das Werkzeug für einen Moment zur Seite. Dort würde es liegen, bis sich Townsends Hand darum schloß – nach seinem Tod.

Diedrich nahm die Pistole in die Hand. Er nahm das Magazin heraus, um sich zu vergewissern, daß es vollständig geladen war, und schob es wieder hinein. Er stellte sich frontal vor den Mann auf dem Stuhl und ging langsam sechs Schritte zurück, als probe er für ein Duell. Ohne im geringsten zu zittern, hielt er die Pistole auf Townsend gerichtet, als ziele er auf eine der zweidimensionalen Enten in einem Schießstand.

Das kleine runde schwarze Loch, das auf Townsend gerichtet war, schien sich auszudehnen, zu weiten, eine eigene Anziehungskraft zu entwickeln, als ob es wie eine Staubsaugerdüse versuche, ihn aufzusaugen. Er hatte fast das Gefühl, sich ihm wie hypnotisiert entgegenzubeugen, soweit es ihm seine Fesseln gestatteten.

»Machen Sie lieber die Augen zu«, sagte Diedrich grimmig. »Das macht's leichter.«

Der Puls in Townsends Schläfe begann zu pochen. Er sagte nichts. Sein Mundwinkel verzog sich zu einem zaghaften Lächeln. Er zwang sich, es beizubehalten.

Ein solches Lächeln hat für den Betrachter etwas Beunruhigendes. Er muß sich fragen: Was hat der in einer solchen Situation zu lachen? Weiß er was, wovon ich nichts weiß? Die Herausforderung funktionierte.

Diedrich sagte: »Was ist denn so komisch?«

»Sie haben wohl noch nie was von einem Schußwinkel gehört, stimmt's?« Townsend mußte seine Lippen anfeuchten, um deutlich sprechen zu können. »Sie schießen schräg nach unten. Ich sitze auf dem Stuhl, und Sie stehen. Das macht sich großartig bei Notwehr. Glauben Sie etwa, die merken das nicht? Machen Sie sich bloß nichts vor.« Und das zaghafte Lächeln blieb. Es fiel ihm nicht leicht, doch es blieb.

Daß die Mündung der Pistole abrupt auf den Boden wies, zeigte, daß Townsends Argument gewirkt hatte.

Eine Minute gewonnen? Fünfundvierzig Sekunden gewonnen? Die Zeit war jetzt der Widersacher.

Diedrich ging nun auf ein Knie, um so den Unterschied auszugleichen. Das war nicht gut, da der Schußkanal jetzt schräg nach oben verlaufen würde. Und die Stellung dazwischen, die die richtige gewesen wäre, war zu unbequem. In ihr war es unmöglich, selbst für noch so kurze Zeit stillzuhalten. Sie erforderte ein leichtes Beugen der Knie, eine halbe Hocke. Er konnte nicht einmal sicher sein, ob sein Schuß aus solch einem unsicheren Stand überhaupt treffen würde.

Die Lösung, auf die er schließlich kam, war fast lächerlich. Doch sie hatte für beide Männer nichts Spaßiges. Diedrich zog einen Stuhl heran und stellte ihn dem, auf den der Gefangene gefesselt war, gegenüber. Er lehnte sich zurück und legte an.

Er schoß nicht. Er war jetzt unsicher geworden. Der Zweifel, den Townsend so geschickt in sein Bewußtsein gepflanzt hatte, bildete allmählich Triebe. Außer der Flugbahn des Projektils gab es auch noch andere Dinge zu beachten. Da war zum Beispiel die Lage der Leichen. Wenn die Kugel auf eine bestimmte Weise traf, dann mußten sie auch in einer bestimmten Lage gefunden werden.

Er konnte kein Risiko eingehen. Darauf hatte Townsend spekuliert. Diedrich tat nun das, was er für den sichersten und schnellsten Weg hielt. Er stand auf, durchquerte ungeduldig das Zimmer und riß den Schreibtisch auf. Er steckte die Pistole einen Augenblick in die Tasche und nahm ein Stück Papier und einen Bleistift heraus. Dann zeigte er auf das Mädchen, auf Townsend, auf den Boden. Er arrangierte sie im voraus, berechnete den Fall ihrer Körper, damit es so aussah, als seien sie an einer bestimmten Stelle zu Tode gekommen. Townsend konnte flüchtig erkennen, wie er hastig gestrichelte Linien auf das Papier zeichnete. Er arbeitete schnell wie ein Theaterregisseur, der die Bühne für ein improvisiertes Verbrechen vorbereitete, ein Verbrechen, das im hitzigen Gefecht einer legitimen Notwehr begangen wurde.

Einmal ging er sogar so weit, mit dem Stift auf Ruth zu deuten und gedankenversunken zu murmeln: »Und du dort drüben.«

Vielleicht war es keine vorsätzliche Grausamkeit, doch hätte es ein sadistischer Dämon aus Dantes Hölle kaum besser machen können. Das Mädchen war fast starrsüchtig, halb tot vor Angst. An Diedrichs Haaransatz bildete sich ein Saum von Perlen.

Als die Skizze endlich fertig war, heftete er sie außen an die schräge Schreibtischplatte, um jederzeit nachsehen zu können. Er schaute kurz auf seine Armbanduhr, als wolle er den Zeitplan seiner Komplizin überprüfen. Er sah sich noch einmal eingehend um, um sich zu vergewissern, daß alles in Ordnung war. Kein Detail der szenischen Wirkung durfte übersehen werden. Einen Stuhl, der ihn im Kampf um sein Leben wahrscheinlich behindert hätte, zog er mit dem Fuß heran und ließ ihn auf die Lehne krachen. Dann stieg er behutsam darüber, um seine Lage nicht zu verändern.

Er rieb sich ein paarmal die Hände, um die Durchblutung anzuregen, wie ein Chirurg, dem eine heikle Operation bevorsteht.

Dann war er endlich bereit.

Er ging hinüber zu Ruth, beugte sich über sie und nestelte hinten am Sofa herum, wo eine der Portierenkordeln durch den Schlitz zwischen Rückenlehne und Sitz geführt worden war, um sie dort festzubinden.

Ruths Augen, die unter Diedrichs erhobenem Arm hindurchschauten, verdrehten sich, der Kopf fiel zur Seite. Sie war ohnmächtig geworden.

Er schien es nicht zu bemerken, oder wenn doch, machte es ihm offenbar nichts aus. Kurz darauf hatte er sie losgebunden, nahm sie auf beide Arme und wankte mit ihr in die Mitte des Zimmers. Ihre Hände und Füße, die getrennt gefesselt waren, ließ er vorläufig so. Er legte Ruth so behutsam auf den Boden, daß es einen geradezu anwiderte. Sie war wohl schwerer als erwartet. Ein Hustenanfall überwältigte ihn, noch bevor er seine Arme unter ihr fortziehen konnte. So schwankte er eine Minute lang vom Husten geschüttelt über ihr, ging sogar auf die Knie, um sein Gleichgewicht wiederzuerlangen.

Schließlich verstummte er und bekam für den Augenblick wieder Luft. Dann begann Townsend zu husten.

Irgend etwas stimmte nicht mit der Luft hier drin. Die Konturen waren stellenweise nicht mehr klar, waberten wie durch schwelende Hitze oder eine seltsame Lichtbrechung. Townsends Lidränder fingen an, unerträglich zu schmerzen, und die Augen tränten, so daß er Diedrich nur verschwommen wie in einem Zerrspiegel sehen konnte: einmal groß und dünn, dann wieder breit und dick.

Er hörte, wie Diedrich immer noch hustend zur Tür ging und dort einen Moment lang stand, als ob er horchen oder etwas prüfen wolle. Holz ächzte irgendwo draußen wie unter unerträglichem Druck. Bei dem Geräusch öffnete Diedrich abrupt die Tür, um hinauszusehen.

Was folgte, schien, als wäre man mit einem riesigen Radiergummi über ihn gefahren. Er verschwand fast vollständig, verblaßte zu grauen Halbtönen. Das Phänomen wirkte durch seine völlige Lautlosigkeit noch grauenvoller. Ein riesiger Schwall schmutzigen, dicken Rauches quoll herein. Er mußte sich dort draußen in der geschlossenen Eingangshalle schon sehr lange angesammelt haben, um eine solche Undurchdringlichkeit zu entwickeln. Sofort hatte er sich überall verbreitet, wobei er sich jedoch kaum verdünnte. Das Zimmer war verschwunden, ein wirbelndes Zwielicht füllte es aus und hinterließ dort, wo das Licht gewesen war, nur einen verschwommenen Schimmer.

Townsend konnte durch seine fast unnützen Augen eine graue Geistergestalt von der Tür zurücktorkeln sehen, die selbst jetzt noch vor allem eine Absicht verfolgte, obwohl sie sich fast die Eingeweide herauswürgte.

Diedrich mußte mit dem Fuß an das liegende Mädchen

gestoßen sein, denn er stürzte plötzlich der Länge nach hin. Die Pistole, die er in der Hand gehalten hatte, schlitterte fast bis zu Townsends Füßen. Er konnte sie dort durch die vielen Schichten des immer dichter werdenden Dunstes, der dort unten am Boden am dünnsten war, erkennen wie die Kontur einer schwarzen Reißschiene. Dann kam, ebenfalls unten am Boden, eine Hand hervor und grabschte blind danach. Dabei zuckte sie krampfhaft von dem Hustenanfall, der noch immer durch die undurchdringlich wirbelnden Massen des graubraunen Gestöbers zu hören war.

Townsend versuchte hektisch, sie mit seinem Fuß zu erreichen und weiter fortzuschieben. Es gelang ihm nicht. Drei Mal fuhr seine Schuhspitze in leerem Bogen nur wenige Zentimeter an ihr vorbei. Dann fanden sie die weißen, wie Käfer am Boden kriechenden Finger, umklammerten sie gierig und zogen sie zurück in die Rauchwolke.

Ein orangerotes Licht blitzte jählings unten am Boden auf, und eine gedämpfte Explosion ließ das Zimmer erbeben, schien einen Wirbel durch den Rauchvorhang zu schicken, der jedoch langsam erstarb, bevor er allzuweit gekommen war.

Es folgte ein grausiger Moment der Erwartung. Dann kam auf halber Höhe plötzlich ein Gesicht auf Townsend zu, als ob der Körper darunter auf Knien ginge, unfähig, sich noch auf den Beinen zu halten. Eine Hand deutete zitternd auf ihn, der Zeigefinger schwarz und dicker als der Rest und vorn in der Mitte hohl. Sie schwankte hin und her und verfehlte ihn dabei in beiden Richtungen um gut einen viertel Meter. Das Licht blitzte wieder auf, etwas, das sich wie heißer Sand anfühlte, brannte auf seiner Wange, und neben seinem Kopf schlug etwas in die dicke Stuhllehne ein.

Doch all das nahm Townsend kaum noch wahr. Es brauchte keine Kugeln, um ihn schneller ins Jenseits zu befördern, er kam ohnehin schnell genug dorthin. Jeder Atemzug war eine größere Qual als der vorherige. Der Atem rann glühend heiß fast ganz hinab, schlug dann ein und stieg wieder hoch, wobei er ihm schier die Luftröhre zerfetzte. Townsends Augen waren schon lange hinüber, zischende Kohlen, mit dem eigenen Wasser gelöscht.

Plötzlich ein träger, dumpfer Schlag auf dem Boden unmittelbar vor ihm. Ein Kopf landete auf seinem Knie, glitt wieder herunter, fiel auf seinen Fuß und blieb dort liegen.

Sein eigener Kopf drohte zu zerplatzen, war kurz davor, in Stücke zu fliegen.

Das letzte, was Townsend hörte, war das entfernte, sinnlose Klirren von zerbrechendem Glas.

22

Der Sauerstoff, der seine Kehle hinunterströmte, tat gut. Townsend war verärgert, als er aufhörte. Sie nahmen das Zelt von ihm fort. Er lag irgendwo draußen im Freien auf dem Rükken, über sich ein erstarrtes Sternengestöber. Hier und da liefen im Zickzack kalkweiße Lichtkegel über das Gras, und ein regungsloser Fries schwarzer Beine zeichnete sich im Halbkreis um ihn herum davor ab.

Ein Paar Beine schob sich zu einem Gesicht zusammen, das ganz nahe zu ihm herankam. Townsend konnte es im Scheinwerferlicht erkennen.

Er schaute sich dieses Gesicht sehr lange ganz genau an, und das Gesicht schaute ebenso lange zurück. Er kannte es inzwischen ganz genau, obwohl er es noch nie so nahe gesehen hatte. Ein starres, unergründliches Gesicht, das niemals lächelte. Es war in der Menge stehengeblieben und hatte ihn angestarrt. Es hatte ihn finster und böse durch das staubige Fenster eines U-Bahnwagens angesehen. Es hatte sich im Fenster eines Drugstore gespiegelt. Es hatte sich umgedreht, um den Gang eines Zuges entlangzusehen. Es war sogar, ohne selbst sichtbar zu werden, irgendwo über einem Paar Schuhen gewesen, das ihn im Traum verfolgt hatte. Und jetzt war es hier, so nahe es nur sein konnte. Es hatte ihn schließlich eingeholt. Es hatte ihn flach auf dem Rücken am Boden liegen. Es hatte ihn auf die Matte gestreckt.

Schließlich sagte er mit dumpfer Gleichgültigkeit: »Sie sind Ames, nicht wahr?«

»Ja«, sagte das Gesicht herausfordernd. »Und Sie sind Dan Nearing, nicht wahr?«

»Da sind Sie auf dem Holzweg«, sagte er, »ich bin Frank Townsend.«

Sie halfen ihm erst auf die Ellbogen und setzten ihn dann auf. Der Sauerstoff hatte ihn ein wenig euphorisch gemacht.

»Tragen Sie nie einen anderen Hut?« hörte er sich zu Ames sagen.

Wieder auf den Beinen, schaute er sich um. Im Hintergrund war das Haus der Diedrichs, auf das die Scheinwerfer sich überschneidende Kreise projizierten, die aussahen wie große weiße Pokerchips. Gelegentlich blies der Wind eine beißende Rauchfahne herüber. Auf dem Rasen standen Menschen und Apparate herum. Lebensspendende Apparate und rauchbekämpfende Apparate. Wagen in Hülle und Fülle, die alle von der Zufahrt abgefahren waren und in unterschiedlichen Richtungen auf dem Rasen parkten. Da war auch ein unheilverkündendes Chassis, das hinten offenstand. Eine kleine Gruppe Schaulustiger stand darum und sah zu, wie etwas auf einer Trage hineingeschoben wurde, etwas Bedecktes, mit zwei Spitzen an einem Ende, die aussahen wie aufgerichtete Schuhe. Ein behelmter Kopf erschien an einem der oberen Fenster des Hauses und warf etwas hinunter auf den Boden. Überall herrschte Betriebsamkeit.

Sie gingen nun langsam mit ihm umher, Ames auf der einen Seite, irgendein Assistent auf der anderen, und stützten ihn beim Gehen.

Townsend stellte die Frage, die ihn seit seinem Erwachen beschäftigt hatte. »Was ist mit dem Mädchen passiert?« sagte er und versuchte mit aller Gewalt, seine Stimme zu beherrschen. Ames' ausdrucksloses Gesicht bewegte sich leicht hin und her.

»Er hat sie erwischt, nicht wahr? Ich hab' den Schuß durch den Rauch gehört.«

Diesmal bewegte Ames sein Gesicht nach unten.

Townsend gab eine wilde Salve von Verwünschungen von sich.

Das Gesicht neben ihm sagte in seiner typisch wortkargen Art: »Sparen Sie sich ihren Atem. Er ist ausgeräuchert worden wie eine Ratte.«

»Sie war ein großartiges Mädchen«, sagte Townsend. »Ohne sie ...« Seine Stimme verlor sich, und die drei Männer sagten nichts mehr.

Eine Gruppe unmittelbar vor ihnen machte ihnen Platz. Townsend konnte noch eines dieser flachen abgedeckten Dinger vor sich am Boden sehen. Dasselbe Chassis, das bereits die erste Trage aufgenommen hatte, setzte zurück, um auch diese aufzunehmen.

»Wer ist das – Ruth?« fragte er stockend.

»Nein, wir haben sie bereits ins Dorf gebracht. Das ist der Mann, der Ihnen das Leben gerettet hat.«

»Das versteh' ich nicht. Wer ist es?«

Ames hockte sich hin und schlug die Plane am Rand zurück. »Der Mann, der sein Leben für Sie geopfert hat.«

»Der Alte!« sagte Townsend zerknirscht. »Den hatte ich einen Moment lang völlig vergessen! Er also auch.«

Der Tod hatte die starre Zwangsjacke der Behinderung gelöst. Der alte Mann sah aus wie jeder andere Tote auch. Sie hatten ihm die Augen geschlossen, und das Gesicht wirkte ruhig, befriedigt, ja fast triumphierend.

Townsend schaute schweigend herab. Was hätte er auch sagen können?

»Wußten Sie, daß er die rechte Hand noch ein wenig bewegen konnte?« fragte Ames.

»Ja, das hab' ich ganz zufällig vor ein paar Tagen bemerkt, als ich ihn drüben bei mir in der Hütte hatte. Es war nicht viel. Er konnte sie kaum noch richtig gebrauchen. Er konnte lediglich zwei Finger etwas zurückbiegen und den Arm leicht im Ellbogengelenk drehn. Das war alles.«

»Das war genug. Genug für ihn, um zu einer Waffe zu greifen.«

»Einer Waffe?« Townsend schaute den Kriminalbeamten an.

»Darauf lief es hinaus. Die einzige Art Waffe, mit der er umgehen konnte. Ein gewöhnliches, ganz alltägliches Streichholz. Was glauben Sie, woher plötzlich all dieser Rauch kam? Von einer Selbstentzündung? Irgendwo muß eine Schachtel in seiner Reichweite gelegen haben, vielleicht auf dem Herdrand, wie in den meisten Küchen. Er ist dort wahrscheinlich manchmal mit seinem Stuhl hineingerollt und davorgestellt worden. Und jedes Mal hat er ein paar Streichhölzer mitgenommen. Weiß Gott, was er damit vorhatte.«

»Er hatte gute Ideen«, sagte Townsend.

Ames zuckte die Achseln und sagte, »Er hat unter sich einen kleinen Riß in die Matratze gekratzt. Das muß verdammt lange gedauert haben. Als wir die Matratze gerade eben ins Freie getragen haben, stellten wir fest, daß sie mit abgebrannten Streichhölzern vollgestopft war. Das erklärt das Ganze. Er hat diese Todesart, die ja weiß Gott nicht die leichteste ist, auf sich genommen, um zu versuchen, auf der Landstraße rechtzeitig Aufmerksamkeit zu erregen und Sie zu retten. Die Chance war nicht sehr groß, doch es war die einzige, die er hatte, und er war bereit, sie zu ergreifen.«

»Er hat mich tatsächlich gerettet«, sagte Townsend. »Sie wären nämlich trotz meiner Nachricht zu spät gekommen. Diedrich hätte immer noch Zeit gehabt, mir einen Schuß zu verpassen. Es war der Rauch, und nicht Sie und Ihre Leute, der ihn zu Fall gebracht hat. Er hat sogar noch lange genug ausgehalten, um eine Kugel auf mich abzufeuern, aber er war bis dahin schon zu weit hinüber, um noch gerade zielen zu können. Ich glaube, der Schuß ist in die Stuhllehne gegangen.«

»Kam von Ihnen der Hinweis, daß wir nicht später als Viertel vor zehn hier anrücken sollten, wenn wir den Mörder von Harry Diedrich fassen wollten?«

»Ja«, sagte Townsend trocken. »Und wenn noch irgendwelche Zweifel darüber bestehn sollten, ich wollte mit Ihnen persönlich sprechen, und Sie sind über etwas gestolpert, als Sie zum Telephon kamen. Ich hab's durch die Leitung gehört. Ein Stuhl- oder Schreibtischbein oder so was Ähnliches.«

»Dann waren Sie das«, gab Ames zu.

»Ich konnte den Zeitpunkt nicht früher ansetzen. Wenn Sie zu früh hiergewesen wären, hätten sie sich zurückgehalten und dann wäre ich Ihnen statt den beiden in die Hände gefallen. Sie wären nur unschuldige Dritte bei der Verhaftung eines gesuchten Mörders in ihrem Haus gewesen. Hätte ich den Zeitpunkt zu spät angesetzt ... ein Lotteriespiel. Sie haben ja gesehen, was beinahe passiert wäre. Es war ein Glücksspiel. Ich hab's riskiert, und ich hab's verloren. Nur, er hat meine Wette rückgängig gemacht und mir den Einsatz zurückgezahlt.«

»Woher haben Sie gewußt, daß Sie sich den beiden um eine bestimmte Zeit heute nacht in die Hände spielen würden?«

»Sie haben mich mit einer Nachricht geködert, die angeblich von dem Mädchen war. Sie hatten ein paar Tage zuvor rausbekommen, daß ich mich hier in der Nähe versteckt hielt, und wollten nicht, daß ich lebend gefaßt werde, weil sie verdammt genau wußten, daß ich Harry Diedrich nicht getötet hab'. Sie waren's nämlich selbst. Also haben sie das Mädchen gefesselt und mich dann in eine Falle gelockt. Ich hab' die Gelegenheit beim Schopf gepackt und bin freiwillig hineingelaufen – nur mit dem kleinen Unterschied, daß ich der Polizei vorher einen Tip gegeben hab', hier herauszukommen.«

»Tja, Sie haben den Zeitplan der Dame ja auch ganz schön durcheinandergebracht«, gab Ames zu. »Als sie abfuhr, um uns zu holen, waren wir bereits auf dem Weg hierher. Wir sind ihr kurz vor dem Haus von Stuther entgegengekommen. Für jemand, der Hilfe sucht, schien sie nicht allzu begeistert, uns zu begegnen. Trotzdem erzählte sie uns ihren Sermon und brauchte verflixt lange dazu. Sie war so verdammt ausführlich, das war der Haken, zu ausführlich. Wir würden Sie beide tot auffinden. Dessen war sie sich sicher. Es mußte sein, es war Notwehr. Sie hat uns sogar den Dialog dazu geliefert. ›Fehlt dir auch nichts, Bill?‹ ›Ich hab' sie umgebracht, Alma. Sieh doch, ich hab' sie beide umgebracht. Sie liegen beide tot auf dem Fußboden. Du holst jetzt besser die Polizei.‹ «

»Ich hab' miterlebt, wie sie's geplant haben«, sagte Townsend.

»Das einzige Problem war, daß es einen kleinen Unterschied gab, als wir hier draußen ankamen. Sie schien den Karren vor das Pferd gespannt zu haben.« Er kam ziemlich nahe an ein Lächeln heran, was allerdings nicht allzu nahe war. »Ein paar Leute aus einem vorbeifahrenden Wagen hatten die Fenster eingeschlagen und Sie herausgeholt, bevor wir hier eintrafen. Sie waren eindeutig noch am Leben, das Mädchen allerdings nicht. Verraten haben die Diedrichs sich dadurch, daß Sie beide noch immer an Händen und Füßen gefesselt waren. Sie mußten mit dem Stuhl und allem Drum und Dran hinausgetragen werden, um Zeit zu sparen. Notwehr kann mitunter ein ziemlich dehnbarer Begriff sein, aber wenn man zwei Menschen erst fesselt und dann erschießt, um sich selbst zu schützen, dann ist er wirklich überdehnt worden. Und als wir dann schließlich den Rauch heraushatten und uns umsahen, tauchten noch ein paar andere kleine Dinge auf. Das zum Beispiel. Vor allem das.«

Er holte die Skizze mit den Schußwinkeln und den Lagen der Leichen heraus, die Diedrich an die Schreibtischplatte geheftet hatte. »Leute, die in Notwehr schießen, haben in der Regel keine Zeit, vorher Skizzen davon anzufertigen.«

Townsend sagte: »Vermutlich glauben Sie immer noch, daß ich Harry Diedrich ermordet habe?«

»Nach allem, was heute nacht hier draußen passiert ist,

eigentlich nicht. Aber«, ließ ihn der Kriminalbeamte wissen, »was ich persönlich glaube oder nicht, tut hier nichts zur Sache. Sie stehen unter Mordanklage, und wenn Sie es nicht waren, haben Sie dann irgendeinen Beweis dafür? Den werden Sie nämlich brauchen. Ich bin in diesem Fall nur der Beamte, der Sie festnimmt.«

»Ja, ich habe einen Beweis. Einen eindeutigen, zweifachen. Ich habe den Bericht eines Augenzeugen.«

»Ein Augenzeuge! Sie waren doch allein mit ihm im Haus...«

»O nein, das stimmt nicht! Vergessen Sie nicht...« Er deutete mit dem Kopf auf die regungslose Gestalt zu ihren Füßen.

»*Er*?« fragte der Kriminalbeamte verblüfft. »Jetzt aber mal langsam...«

»Seine Augen waren doch in Ordnung, oder? Sein Rollstuhl stand den ganzen Nachmittag über in diesem Nebenzimmer, nicht wahr? Er konnte zwar nicht direkt in den Wintergarten sehen, weil nämlich die Türen geschlossen waren, doch er konnte alles hören. Und er konnte sehen, wer hineinging und wer herauskam, nicht wahr?«

»Angenommen, er konnte – und hat. Er ist tot. Und selbst wenn er noch lebte, könnte er kein Wort sagen, da seine Zunge ebenso wie alles andere gelähmt war. Wie haben Sie's aus ihm herausbekommen?«

»Gehen Sie hinter zu der Hütte, in der Ruth mich versteckt hat. Zählen Sie von der Schwelle bis zur sechsten Bodendiele. Nehmen Sie die sechste heraus, sie ist lose. In dem Hohlraum darunter finden Sie einen Notizblock und ein Bündel lose Blätter. Das ist seine Zeugenaussage, die ich aus erster Hand aufgenommen habe.«

»Und wie?« fragte der Kriminalbeamte skeptisch. »Durch Telepathie?«

»Mit den Augen. Mit ganz gewöhnlichen Morsezeichen, genau wie man damit tagtäglich in allen Telegrafenämtern dieses Landes Nachrichten sendet. Ein kurzes Zwinkern war ein Punkt, ein langes ein Strich.«

»Also ich...!« sagte Ames. »Warum, zum Teufel, hat er davon nicht ein bißchen bei mir ausprobiert, als ich damals hier draußen den Fall bearbeitet habe?«

»Sie meinen wohl, warum zum Teufel haben Sie ihn nicht lange genug selbst beobachtet, um es herauszubekommen. Jedesmal, wenn Sie in seine Nähe kamen, hat er sich fast die Seele aus dem Leib geblinzelt, sagt er in seinem Bericht, und Sie hätten nie lange genug an einem Platz stillgestanden, um es rauszubekommen. Sie haben es wahrscheinlich für einen Teil seiner Krankheit gehalten.«

»Ja«, gab Ames zu und senkte nachdenklich den Kopf. »Etwas in der Art. Und was ist der zweite Beweis, von dem Sie gesprochen haben?«

»Den werd' ich Ihnen zeigen. Den sollen Sie mit eigenen Augen sehen. Den zeig' ich Ihnen morgen um die Mittagszeit, wenn das Wetter mitspielt.«

Zwei Männer kamen, um die leblose Gestalt dort unter der Plane aufzuheben und in den Leichenwagen zu schieben.

»Warten Sie einen Moment«, mischte Townsend sich ein. »Ich möchte mich erst noch von ihm verabschieden.« Er gab ihnen ein Handzeichen, ihn abzusetzen. »Wir hatten eine spezielle Art, uns zu unterhalten. Normalerweise hört man sowas nicht bei einem solchen Anlaß. Es schockiert Sie vielleicht, aber ich will mich so von ihm verabschieden, wie er's gern gehabt hätte.«

Ames machte mit dem Kopf ein Zeichen, und sie entfernten sich und sahen von weitem zu ihm herüber.

Der Mann, der Dan Nearing gewesen war, schaute hinunter auf das friedliche Gesicht, das vor ihm auf dem Boden lag. Ames konnte seine Stimme ununterbrochen murmeln hören. Nur der letzte Satz war laut genug, um die Worte zu verstehen. »Das ist Ihr Freund Danny, der Ihnen dankt... und... leben Sie wohl.«

23

Das Wetter spielte mit. Es war sonnig und windstill.

Der in der Sonne dösende Ort hatte bereits etwas trügerisch Schläfriges an sich, als wäre all das, was dort geschehen war, schon lange in Vergessenheit geraten.

Ein Polizist, der an der Tür postiert war, um Schaulustige fernzuhalten, war die einzige Unstimmigkeit. Er erhob sich aus einem Schaukelstuhl, den er nach draußen gezogen hatte, setzte sich jedoch wieder, als der Dienstwagen in Sicht kam.

Townsend ging zuerst hinein, Ames neben ihm, die anderen dahinter.

Sie öffneten die Tür zum Wintergarten und gingen hinein. Er war voller Staubkörnchen, die in der Luft tanzten.

Townsend sagte, »Hier ist Harry Diedrich ermordet worden. Ich zeige Ihnen jetzt, wie Bill und Alma Diedrich, sein Bruder und seine Frau, es getan haben, während sie kilometerweit vom Haus entfernt waren.«

Ames verschränkte die Arme und trommelte mit den Fingern auf seinen Bizeps, als wolle er sagen, »Nur zu, deswegen bin ich ja hergekommen.«

»Heute ist alles genau so wie damals. Korbsofa, niedriger Kacheltisch und gegenüber waren Pflanzen aufgestellt, als das als Wintergarten benutzt wurde. Ich hätte gern etwas, das den Platz von Harry Diedrich auf diesem Sofa markiert. Es ist nicht unbedingt notwendig, doch wäre es hilfreich, um das Bild zu vervollständigen.«

»In Ordnung, einer der Männer hier wird...« begann Ames.

»Ich halte etwas Lebloses für geeigneter, wenn Sie keinen Ihrer Leute verlieren wollen.«

Einer von ihnen brachte eine mittelgroße Tischlampe mit einem Glasschirm und stellte sie gegen die Rückenlehne des Sofas. Der größte Teil des Schirmes ragte darüber hinaus.

»Das ist etwa die richtige Größe«, sagte Townsend.

Harry Diedrich kam jeden Tag unmittelbar nach dem Mittagessen hier herein und hielt etwa eine Stunde lang Mittagsschlaf. Also gut, dort sitzt er. Er ist hier, um sein Nickerchen zu machen, die Beine sind bequem auf dem Sofa ausgestreckt, der Kopf ist dort oben in dieser Ecke. Während er schlief, waren diese dunkelblauen Rollos immer alle ganz heruntergezogen, damit ihn die Sonne nicht blendete.

»Sollen wir sie runterziehen?« brummte Ames.

Townsend lächelte ein wenig. »Wir wollen das gesamte Bild.«

Einer der Männer machte sich ans Werk.

»Ich möchte, daß Sie auf diesen Kacheltisch schauen, wenn der Raum dunkel wird«, sagte Townsend. Alle Regenbogenfarben waren zu sehen, als ein Rollo nach dem anderen heruntergezogen wurde. Leuchtend gelb bis gelbgrün, grünblau bis indigo. Auf dem Tisch, auf den alle Augen geheftet waren, war ein diamantförmiger Lichtfleck entstanden, der von dem entsprechenden Riß in der Sonnenblende darüber stammte.

Es war nicht der einzige seiner Art. Die Rollos waren stellenweise ausgefranst und fadenscheinig, da sie schon sehr lange dort hingen. Überall warfen Schadstellen über die Dunkelheit im Innern auf Boden, Tisch und Korbmöbel ein verschwommenes Muster aus Streifen, Tupfen und Schnörkeln, das aussah wie ein erstarrter Lichterregen. Doch der diamantförmige Riß war der deutlichste, der größte. Er war der einzige mit dieser besonders klar umrissenen Form. So klar umrissen, daß er fast von einer Rasierklinge hätte stammen können.

Townsend sagte: »Er schläft hier drin, und die Rolläden sind jetzt heruntergezogen. Er schläft heute fester als gewöhnlich. Der Alte glaubte, daß er betäubt wurde, aber nur so, daß er fest schlief.

Ich glaub', ich hab' selbst was davon abbekommen, denn ich bin da drüben auf der anderen Seite des Flurs eingeschlafen, in dem kleinen Zimmer, in das ich für gewöhnlich den alten Mann mit dem Rollstuhl gebracht hab'.

Ruth und die Köchin haben hinten in der Küche rasch und geräuschvoll das Mittagsgeschirr gespült. Sie hatten beide einen halben Tag frei. Sie wollten um zwei mit dem Bus ins Dorf fahren. Und die Mörder wußten das. Sie gingen also kein Risiko ein, als sie das Haus als erste verließen. Daher wirkte alles viel glaubwürdiger. Harry war ein Griesgram und Tyrann. Keiner der Angestellten hätte es gewagt, in seine Nähe zu kommen und ihn zu stören, nachdem er sich hierher zurückgezogen hatte, um seinen Mittagsschlaf zu halten.

Sie kamen also ausgehbereit die Treppe herunter. Sie holte den Wagen aus der Garage und fuhr ihn vor die Tür, und er ... er hat das gemacht.«

Er streckte die Hand nach einer der regungslosen Gestalten aus, die um ihn herumstanden. »Geben Sie mir die Schrotflinte. Ist sie geladen?«

»Ich hab' sie vor der Herfahrt geladen.«

Townsend ging damit zur Tür, drückte die Klinke herunter, öffnete die Tür und schloß sie wieder, ohne hinauszugehen. Dann kam er, das Gewehr in der Hand, wieder nach vorne.

»Das soll heißen, als er mit ihr herunterkam, ging er rasch in den Abstellraum hinter der Treppe und holte das hier heraus. Er hatte dafür gesorgt, daß es da seit dem Vorabend fix und fertig geladen stand. Er ging rasch damit hier hinein. Nur zwei Augen haben ihn dabei beobachtet, aber das hat ihm nicht das Geringste ausgemacht, weil sie jemandem gehörten, der nicht sprechen konnte.

Er kam mit dem Gewehr hier herein, klappte es auf, so daß die Ladung freilag, und legte es so über den Tisch.«

Townsend legte es vorsichtig hin, so daß der verkürzte Lauf direkt auf die Lampe in der Ecke des Sofas gerichtet war.

»Auf dem Tisch waren Markierungen, an denen er sich orientierte. Keine, die Sie hätten finden können, als Sie sich später hier umsahen. Und doch waren es Markierungen. Diese Fugen zwischen den Kacheln dienten ihm als Parallelen von Längen- und Breitengraden. Damit es funktionierte, mußte er lediglich die Tischbeine auf dem Boden entsprechend ausrichten, sie leicht nach vorn oder zurückschieben, so daß dieser Lichtdiamant auch gewiß darauffallen und der Längsfuge zwischen den Kacheln ein ganzes Stück folgen würde, bis er schließlich abbog. Und die Querfugen waren praktisch die Uhrzeiger. Diedrich hatte vorher ganz genau den richtigen Zeitpunkt dafür ausgesucht, hatte festgestellt, wie lange der Lichtstrahl brauchte, um von einer zur andern zu wandern. Wie lange es dauerte, weiß ich nicht. Sagen wir zehn Minuten. Anderthalb Kachelbreiten wären dann eine Viertelstunde. Es funktioniert im Grunde genau wie eine Sonnenuhr.

Also gut, er legte das Gewehr nicht unmittelbar unter den Lichtstrahl, dann hätte er keinen Vorsprung gehabt. Er legte im Grunde genommen so etwas wie eine Zeitbombe. Er legte das Gewehr in einem bestimmten Abstand rechts, noch immer weit genug von dem explosiven Lichtstrahl entfernt, nieder, aber so, daß er innerhalb einer bestimmten Anzahl von Minuten auf einer geraden Linie entlangkommen mußte. Ich verkürze sie für unsere Zwecke auf, sagen wir, eine halbe Kachel.«

Das tat er. Er machte einen Bogen darum und gab seinen Zuschauern ein Zeichen, ebenfalls zurückzutreten. »Zu all dem hat er nicht so lange gebraucht wie ich jetzt, um es Ihnen zu erzählen. Er ging wieder hinaus und machte die Tür hinter sich zu. Alma rief ihm für die beiden in der Küche auf ein abgesprochenes Zeichen so laut sie konnte zu: ›Beeil dich, Bill, sonst verpassen wir noch den Zug!‹ Dann stieg er mit ihr in den Wagen, und sie fuhren los.

Mehr hat er nicht getan. Er hat das Gewehr aus dem Abstellraum gebracht, kam damit hier herein, legte es auf ein vorausberechnetes Quadrat auf diesem Tisch und richtete es auf seinen schlafenden Bruder. Er hat es gewiß nicht abgefeuert. Aber so, meine Herrn, hat sich der Mord an Harry Diedrich abgespielt, den ich begangen haben soll.

Sie können Ihre Uhren herausnehmen, und die Zeit vergleichen, wenn Sie möchten, oder einfach nur ein paar Minuten ruhig dastehen und warten, bis es passiert.«

Einer von ihnen tat das Erstgenannte. Ames sah zu.

Der Diamant kroch langsam die Querfuge entlang, so langsam jedoch, daß die Bewegung mit bloßem Auge nicht zu erkennen war. Einmal sagte Ames, vielleicht, um die Spannung des Wartens zu brechen: »Wie konnten die beiden sicher sein, auf diesen Struthers vom Nachbargrundstück zu stoßen, damit sie einen unbeteiligten Zeugen hatten, der ihre Aussage bekräftigen konnte?«

Townsend zuckte die Achseln. »Schwer zu sagen. Aber lassen Sie mich mal raten. Vielleicht hat sie sich am Morgen ein wenig umgehört, um festzustellen, welcher Nachbar in die Stadt fahren wollte.«

Der Strahl war jetzt bei dem freiliegenden Patronenlager angekommen. Er lag darüber wie ein leuchtend gelbes Blatt, das strahlte, während alles andere in kühlem blauen Schatten lag.

Langsam vergingen die Minuten. Die Bewegung selbst konnte man nicht sehen. Nur im Verhältnis zu dem, was ihn umgab, sah man, daß der Strahl sich die ganze Zeit bewegte.

Er glitt bereits auf der anderen Seite des Patronenlagers langsam wieder hinunter.

Alle sahen in stiller Konzentration zu. Ab und zu schaute ein Gesicht fragend auf Townsend und blickte dann wieder wortlos zurück.

Ein schwarzer Faden löste sich widerstrebend aus dem offenen Patronenlager, befreite sich, brach ab, wehte. Das war alles.

Drei Ecken des Lichtdiamanten waren jetzt bereits darüber hinweggekrochen und auf der anderen Seite der Kacheloberfläche angelangt. Die vierte lag noch darauf, zog sich jedoch ebenfalls rasch zurück.

»Ich verstehe, was Sie uns zeigen wollten«, sagte Ames schließlich, »aber es scheint, als ob es sich diesmal nicht aus . . .«

Ein bösartiges kleines Blitzen ließ sie alle aufschrecken. Dann schoß ein orangeroter Strahl aus dem Lauf, und ein lautes Getöse erschütterte den Kacheltisch und die Scheiben auf allen drei Seiten des Wintergartens, und ein großer Schwall beißender, übelriechender Rauch puffte heraus.

Nur der Fuß der Lampe in der unteren Ecke des Sofas war noch vorhanden. Der Schirm, die Birnen, der Ständer, alles war sauber abrasiert.

»Das«, sagte Townsend, »war Harry Diedrichs Kopf.«

»So war das also«, sagte Ames.

»Ja, so war das«, pflichtete Townsend bei.

»Könnte sein«, sagte Ames, »aber vergessen Sie nicht, daß ein ehrlicher Zeuge Sie mit dem Gewehr in der Hand aus diesem Raum laufen sah.«

»Zum Glück hat das der alte Mann auch gesehen«, sagte Townsend. »Ich hab' im Zimmer nebenan geschlafen. Der Schuß hat mich aufgeweckt, und ich bin reingerannt, um zu sehn, was passiert ist. Offenbar hab' ich das Gewehr genommen und bin damit aus dem Haus gelaufen. Ich muß gesehen haben, wie der Wagen vorfuhr. Ich hab' vor Erregung geschrien.« Townsend zuckte die Achseln. »Natürlich haben sie das reichlich zu ihren Zwecken ausgenutzt. So war's ein Kinderspiel für sie, Mr. Struthers, der ja extra hergebracht wurde, um überzeugt zu werden, davon zu überzeugen, daß ich mit dem Gewehr in der Hand herausgerannt bin, um sie ebenfalls zu ermorden. Alma hat wahrscheinlich ein paar Mal laut geschrien, so daß Struthers nicht hören konnte, was ich rief.«

»Schön inszeniert«, sagte Ames. In seiner Stimme lag so etwas wie widerwillige Anerkennung.

Sie gingen aus dem Haus und stiegen in den Wagen. Der wachhabende Polizist ging draußen wieder näher zum Schaukelstuhl und legte schon einmal vorsorglich die Hand auf die Lehne. Man konnte sicher sein, daß er, sobald der Wagen außer Sicht war, wieder hineinsinken würde.

Das Haus der Diedrichs verschwand hinter ihnen, als wäre es nie dagewesen. Bäume versperrten die Sicht, und es war verschwunden. Irgend jemand schaute zurück. Townsend war es nicht.

»Wo stehe ich jetzt?« fragte Townsend nach einer Weile.

Ames spielte mit den Rändern der Aktentasche, die eine offizielle Umschrift der optischen Telegramme Emil Diedrichs enthielt. »Ich reiche diesen Bericht bei der Staatsanwaltschaft ein und schreibe natürlich selbst noch einen Bericht über das, was Sie uns gerade eben demonstriert haben. Juristisch liegt die Sache danach nicht mehr in meiner Hand. Aber...« er sah Townsend ermunternd an, »ich glaube nicht, daß Sie sich noch Sorgen machen müssen. Die Mordanklage gegen Sie wird offiziell zurückgezogen, und dann werden Sie wahrscheinlich als Hauptbelastungszeuge gegen Harry Diedrichs Witwe meiner Obhut unterstellt. Da besteht kein großer Unterschied zur Bewährung; man muß sich eben für eine gewisse Zeit zur Verfügung halten, bis der Prozeß vorbei ist. Ich werde alles tun, um Ihnen diese Zeit zu erleichtern.«

Damit begann er sofort, nachdem sie das Polizeirevier erreicht hatten, das im gleichen Gebäude untergebracht war wie das Gefängnis.

»Der Häftling ißt mit mir in meinem Büro«, informierte er den Wärter. »Ich schicke ihn später zurück.«

Sie bekamen ihr Abendessen aus dem Restaurant gegenüber und bestellten ein paar Flaschen Bier dazu.

»Mann, muß das ein komisches Gefühl für Sie sein«, sagte Townsend, »hier ausgerechnet mit mir, dem Kerl, hinter dem Sie so lange her waren, in aller Ruhe zu essen.«

»Ja«, gab Ames zu. Er trank sein Bier aus. »Lassen wir's damit gut sein. Ich war hinter einem Mann namens Dan Nearing her. Ich hab' ihn irgendwo unterwegs verloren. Auf dem Weg von der Tillary Street hierher. Ich glaube nicht, daß er je wieder auftaucht, weder dort, noch sonstwo.« Er grinste.

Townsend sah, daß die grauen Augen freundlich waren.

24

Der Zug fuhr ein. Der Zug zurück in die Gegenwart. Zurück zu Virginia. Man konnte ihn zischen und die Gleise entlangrumpeln hören. Er ging leicht in die Kurve, streckte sich dann wieder und dampfte vorbei. Er hielt erst an, nachdem man bereits die Hoffnung aufgegeben hatte und glaubte, er würde New Jericho vollkommen übergehen.

Ames und der Mann, der jetzt nur noch Hauptbelastungszeuge in dem bevorstehenden Prozeß gegen Alma Diedrich war, und der Assistent, der den Hauptzeugen begleiten sollte, mußten den Bahnsteig entlangrennen, damit sie auf gleicher Höhe blieben.

Der Assistent schwang sich zuerst hinein. Townsend stellte den Fuß auf die unterste Stufe und drehte sich herum, um sich von Ames zu verabschieden.

Dieser stupste ihm zur Erinnerung einen Finger in den Arm, und zwar genau dort, wo er als Kind geimpft worden war. »Aber keinesfalls später als Mittwoch. Mehr konnte ich nicht herausschinden. Weiß Ihre Frau, daß Sie kommen?«

»Nein, ich komme einfach von irgendwo, wie schon einmal. Diesmal allerdings für immer. Ich würde sie gern mitbringen, nur will ich sie um keinen Preis der ganzen Publicity aussetzen, mit der's bei Prozeßbeginn losgeht.«

»Ich werd' mich drum kümmern«, versprach Ames. »Ich besorg' ihr ein Zimmer in meiner Pension.«

Der Zug setzte sich langsam in Bewegung. Townsend ging vor dem Assistenten in den Wagen und setzte sich ans Fenster. Er warf seinen Hut auf die Gepäckablage und lehnte sich zurück. New Jericho glitt langsam zurück. Plötzlich sah Townsend etwas aus den Augenwinkeln, das ihn in der Erinnerung an vergangene Gefahren zurückschrecken ließ. Ames rannte draußen auf dem Bahnsteig mit etwas metallisch Glänzendem neben dem Fenster her und lachte ihn an.

Er öffnete das Fenster, und Ames warf das Zigarettenetui

hinein, das Townsend einst in der Tillary Street hatte versetzen wollen. »Sie haben das gestern abend in meinem Büro liegenlassen, und ich hab' vergessen, es Ihnen zurückzugeben. Wieso lachen Sie?«

»Keine Ahnung. Das Leben ist wie ein Kreislauf, nicht wahr? Wir enden alle genau da, wo wir angefangen haben. Das erste Mal, als ich Sie sah, rannten Sie genauso neben einem fahrenden Zugfenster her und haben versucht, mich zu erwischen.«

Ames fiel zurück, wurde plötzlich weggewischt und verschwand außer Sicht, als der Zug sein Tempo beschleunigte. Er hatte noch nicht seine Höchstgeschwindigkeit erreicht, als er unmittelbar vor dem Dorf kreischend an dem weitläufigen, moosbewachsenen Friedhof vorbeifuhr.

Townsend erhaschte einen kurzen Blick auf einen vertrauten Grabhügel. Er sah den kleinen Grabstein, das einzige Geschenk, das er Ruth Dillon gemacht hatte. Ruth, die ihm so viel gegeben hatte, die Vergangenheit und die Zukunft. Er hob zwei Finger an die Schläfe und salutierte. Als Begrüßung und Lebewohl.

Die Lokomotive stieß ein langes, klagendes Pfeifen von unsagbarer Traurigkeit aus. Es verhallte, dröhnte jedoch in Townsends Trommelfell noch ein paar Sekunden weiter wie ein Nachspiel. Dann verschwand auch das. Und damit, das wußte er, war mehr verschwunden, als nur das Echo einer einsamen Zugpfeife über dem Land.

Mit ihm war die Vergangenheit vorüber.

Für immer.

Cornell Woolrich im Diogenes Verlag

Der schwarze Vorhang

Roman. Aus dem Amerikanischen
von Signe Rüttgers. detebe 21625
Neuübersetzung

Nach einem leichten Unfall im Vergnügungsviertel geht Frank Townsend nach Hause – um festzustellen, daß er seit Jahren nicht mehr dort gewesen war. An Gedächtnisschwund leidend, des Mordes angeklagt und Opfer mörderischer Verfolgungen, muß er die ›Strafe‹ überstehen, die die Zeit über ihn verhängt hat.

»Unmöglich, das Buch vor dem Ende aus der Hand zu legen.« *The New York Times*

Verfilmt von Jack Hively mit Burgess Meredith, Claire Trevor, Louise Platt und Sheldon Leonard in den Hauptrollen.

Der schwarze Engel

Roman. Aus dem Amerikanischen von
Harald Beck und Claus Melchior. detebe 21626
Neuübersetzung

Ihr Mann nennt sie Engel, und als er wegen Mordes an seiner Geliebten verhaftet wird, wird sie es tatsächlich: ein schwarzer Todesengel. Um die Unschuld ihres Gefährten zu beweisen, steigt sie in die schwarze Welt der Spielhöllen, der Drogen und Prostituierten und bringt allen, die mit ihr in Berührung kommen, Unglück und Verderben.

»Woolrich gewinnt mehr Entsetzen, mehr Spannung und zitterndes Nägelkauen aus den allergewöhnlichsten Ereignissen als fast alle seiner Kollegen und Zeitgenossen.« *Ellery Queen*

Verfilmt von Roy William Neill mit Peter Lorre, June Vincent und Dan Duryea in den Hauptrollen.

Der schwarze Pfad

Roman. Aus dem Amerikanischen von
Daisy Remus. detebe 21627

Scotty und Eve konnten zwar vor Eves verbrecherischem Ehemann flüchten, nicht aber vor seiner Rache. In einer überfüllten Bar in Havanna wird die schöne Frau ermordet, und Scotty sitzt in einer mörderischen Falle, bleibt allein zurück in einem fremden Land, das nichts von ihm will als den Beweis, daß er die Frau, die er liebte, nicht umgebracht hat.

»Ein satanisches, scharfsinniges Plot.«
The New York Times

Verfilmt von Arthur Pripley mit Michèle Morgan und Robert Cummings in den Hauptrollen.

Das Fenster zum Hof

und vier weitere Kriminalstories
Aus dem Amerikanischen von Jürgen Bauer
und Edith Nerke. Mit einem Nachwort
von Wolfram Knorr. detebe 21718
Neuübersetzung

»Rein technisch betrachtet sind viele von Woolrichs Werken schrecklich; man vermißt in ihnen jeglichen Sinn. Und genau das ist es: wie im Leben. Dennoch finden einige seiner Geschichten, gewöhnlich infolge merkwürdiger Zufälle, ein glückliches Ende. Aber da er niemals einen Serien-Helden eingeführt hat, weiß der Leser auch nie im voraus, ob die Woolrich-Geschichte, vor der er gerade sitzt, hell oder dunkel, ob sie *allègre* oder *noire* ist – einer von vielen Gründen dafür, daß seine Geschichten so packend und spannungsgeladen sind. Wie die fünf in diesem Band vereinten.« *Francis M. Nevins jr.*

Die Titelgeschichte wurde verfilmt von Alfred Hitchcock mit Grace Kelly und James Stewart in den Hauptrollen.

Walzer in die Dunkelheit

Roman. Aus dem Amerikanischen von Harald Beck
und Claus Melchior. detebe 21719
Neuübersetzung

Die Geschichte beginnt – wie so viele von Woolrichs Geschichten – mit einem einsamen Mann. Louis Durand, 37 Jahre alt, wohlhabender Kaufmann, hat nur noch einen Gedanken: seiner Einsamkeit zu entfliehen. Die Frau, die er heiraten will, kennt er nur aus Briefen. Doch dann taucht sie persönlich auf, die namenlose *femme fatale*, die für Durand zum Schicksal wird…

»In Woolrichs Geschichten spielt die Liebe eine große Rolle, eine totale und ausschließliche Liebe, die, wenn sie zerstört ist, unersetzlich bleibt.« *François Truffaut*

Verfilmt von François Truffaut unter dem Titel *La Sirène du Mississippi;* in den Hauptrollen Jean-Paul Belmondo und Catherine Deneuve.

Die Nacht hat tausend Augen

Roman. Aus dem Amerikanischen von
Michael K. Georgi. detebe 21720
Neuübersetzung

John Triton, ein Varieté-Hellseher, hat plötzlich die Gabe, tragische Ereignisse vorauszusehen. Sein Unvermögen, diese Katastrophen zu verhindern, läßt ihn verzweifeln. Er sieht voraus, daß seine Braut und Assistentin Jenny im Kindbett sterben wird, weshalb er sich von ihr und der Bühne zurückzieht, in der Hoffnung, damit die Tragödie abzuwenden. Jenny heiratet seinen Partner Whitney Courtland. Bald darauf stirbt sie bei der Geburt ihrer Tochter Jean…

»Cornell Woolrich ist der Meister der Spannung.«
Isaac Asimov

Verfilmt von John Farrow, mit Edward G. Robinson, Gail Russell und Virginia Bruce in den Hauptrollen.

Im Dunkel der Nacht

Kriminalstories. Aus dem Amerikanischen
von Signe Rüttgers. detebe 21759
Deutsche Erstausgabe

»Woolrich schreibt Psychotope, Etüden der Angst und der Einsamkeit, voll cooler Bildentwürfe und grandioser Stimmungsmalerei.« *Die Weltwoche, Zürich*

Titelgeschichte verfilmt mit Edward G. Robinson in der Hauptrolle.

Ich heiratete einen Toten

Roman. Aus dem Amerikanischen von
Matthias Müller. detebe 21742
Neuübersetzung

»Ein verschollener Klassiker des amerikanischen Kriminalromans kommt im Diogenes Verlag in neuen deutschen Übersetzungen ans Licht: Cornell Woolrich, der ›dritte Mann‹ neben *Dashiell Hammett*[1] und *Raymond Chandler*[2].« *Der Spiegel, Hamburg*

Verfilmt mit Barbara Stanwyck in der Hauptrolle.

[1] *Dashiell Hammett*, sämtliche Werke in 10 Bänden. Vollständig und neu übersetzt von Hellmuth Karasek, Gunar Ortlepp, Walter E. Richartz, Harry Rowohlt, Wulf Teichmann, Hans Wollschläger u. a.

[2] *Raymond Chandler*, Werkausgabe in 13 Bänden. Vollständig und neu übersetzt von Hellmuth Karasek, Gunar Ortlepp, Walter E. Richartz, Wulf Teichmann, Urs Widmer und Hans Wollschläger.

Raymond Chandler im Diogenes Verlag

Die besten Detektivstories
Aus dem Amerikanischen von Hans Wollschläger. Diogenes Evergreens

Der große Schlaf
Roman. Aus dem Amerikanischen von Gunar Ortlepp. detebe 20132

Die kleine Schwester
Roman. Deutsch von Walter E. Richartz
detebe 20206

Das hohe Fenster
Roman. Deutsch von Urs Widmer
detebe 20208

Der lange Abschied
Roman. Deutsch von Hans Wollschläger
detebe 20207

Die simple Kunst des Mordes
Briefe, Essays, Notizen. Herausgegeben von Dorothy Gardiner und Kathrine Sorley Walker. Deutsch von Hans Wollschläger
detebe 20209

Die Tote im See
Roman. Deutsch von Hellmuth Karasek
detebe 20311

Lebwohl, mein Liebling
Roman. Deutsch von Wulf Teichmann
detebe 20312

Playback
Roman. Deutsch von Wulf Teichmann
detebe 20313

Mord im Regen
Frühe Stories. Vorwort von Philip Durham. Deutsch von Hans Wollschläger
detebe 20314

Erpresser schießen nicht
Gesammelte Detektivstories I. detebe 20751

Der König in Gelb
Gesammelte Detektivstories II. detebe 20752

Gefahr ist mein Geschäft
Gesammelte Detektivstories III. detebe 20753
Alle drei Bände deutsch von Hans Wollschläger

Englischer Sommer
Geschichten, Parodien, Sprüche, Essays. Mit einem Vorwort von Patricia Highsmith, Zeichnungen von Edward Gorey und einer Erinnerung an den Drehbuchautor Chandler von John Houseman. Deutsch von Hans Wollschläger, Wulf Teichmann u.a.
detebe 20754

Meistererzählungen
Deutsch von Hans Wollschläger
detebe 21619

Außerdem liegt vor:

Frank MacShane
Raymond Chandler
Eine Biographie
Mit vielen Fotos. Deutsch von Christa Hotz, Alfred Probst und Wulf Teichmann
detebe 20960

Dashiell Hammett im Diogenes Verlag

Der Malteser Falke
Roman. Aus dem Amerikanischen von Peter Naujack. detebe 20131

Rote Ernte
Roman. Deutsch von Gunar Ortlepp detebe 20292

Der Fluch des Hauses Dain
Roman. Deutsch von Wulf Teichmann detebe 20293

Der gläserne Schlüssel
Roman. Deutsch von Hans Wollschläger detebe 20294

Der dünne Mann
Roman. Deutsch von Tom Knoth detebe 20295

Fliegenpapier
Detektivstories I. Deutsch von Harry Rowohlt, Helmut Kossodo, Helmut Degner, Peter Naujack und Elizabeth Gilbert. Vorwort von Lillian Hellman. detebe 20911

Fracht für China
Detektivstories II. Deutsch von Elizabeth Gilbert, Antje Friedrichs und Walter E. Richartz. detebe 20912

Das große Umlegen
Detektivstories III. Deutsch von Walter E. Richartz, Hellmuth Karasek und Wulf Teichmann. detebe 20913

Das Haus in der Turk Street
Detektivstories IV. Deutsch von Wulf Teichmann. detebe 20914

Das Dingsbums Küken
Detektivstories V. Deutsch von Wulf Teichmann. Nachwort von Prof. Steven Marcus. detebe 20915

Meistererzählungen
Ausgewählt von William Matheson. Deutsch von Wulf Teichmann, Walter E. Richartz und Elizabeth Gilbert. detebe 21722

Außerdem liegt vor:

Diane Johnson
Dashiell Hammett
Eine Biographie. Aus dem Amerikanischen von Nikolaus Stingl. Mit zahlreichen Abbildungen. detebe 21618

Jakob Arjouni
Happy birthday, Türke!
Roman

»Privatdetektiv Kemal Kayankaya ist der deutsch-türkische Doppelgänger von Phil Marlowe, dem großen, traurigen Kollegen von der Westcoast. Nur weniger elegisch und immerhin so genial abgemalt, daß man kaum aufhören kann zu lesen, bis man endlich weiß, wer nun wen erstochen hat und warum und überhaupt. Daß *Happy birthday, Türke!* trotzdem mehr ist als ein Remake, liegt nicht nur am eindeutig hessischen Großstadtmilieu, sondern auch an den bunteren Bildern, den ganz eigenen Gedankensaltos und der Besonderheit der Geschichte. Wer nur nachschreibt, kann nicht so spannend und prall erzählen.« *Hamburger Rundschau*

So gekonnt und erfrischend frech und doch gleichzeitig ganz eigenständig wie Jakob Arjouni hat noch kein deutschsprachiger Autor den großen amerikanischen Vorbildern Hammett und Chandler seine Reverenz erwiesen.

Jakob Arjouni
Mehr Bier
Roman

Vier Mitglieder der ›Ökologischen Front‹ sind wegen Mordes an dem Vorstandsvorsitzenden der ›Rheinmainfarben-Werke‹ angeklagt. Zwar geben die vier zu, in der fraglichen Nacht einen Sprengstoffanschlag verübt zu haben, sie bestreiten aber jegliche Verbindung mit dem Mord. Nach Zeugenaussagen waren an dem Anschlag fünf Personen beteiligt, aber von dem fünften Mann fehlt jede Spur. Der Verteidiger der Angeklagten beauftragt den Privatdetektiv Kemal Kayankaya mit der Suche nach dem fünften Mann...

»Ich mache meinen Job, weil es zum Anwalt nicht gelangt hat. Ich hatte geglaubt, Privatdetektiv wäre so eine Art Hausarzt. An den großen Schlachtereien und dem allgemeinen Dreck ändert er zwar nichts, aber für den einen oder anderen kann es vielleicht doch wichtig sein, daß er da ist. Inzwischen weiß ich, es ist vollkommen egal, ob ich da bin oder nicht. Ich mache meine Arbeit so gut es geht, das ist alles.«

»Privatdetektiv Kemal Kayankaya ist der deutsch-türkische Doppelgänger von Phil Marlowe, dem großen, traurigen Kollegen von der Westcoast.«
Hamburger Rundschau